FIABE

NORVEGESI

*Le più belle e appassionanti favole
della tradizione nordica*

Agata Larsson

Merini Editore

SOMMARIO

"Voltato l'angolo forse ancora si trova

Un ignoto portale o una strada nuova;

Spesso ho tirato oltre, ma chissà,

Finalmente il giorno giungerà,

E sarò condotto dalla fortuna

A est del sole, a ovest della luna."

Deirdre Dagli Occhi Di Stelle

N ei tempi antichi, quando molti re regnavano in tutta l'isola verde di Erin, nessuno era superiore al grande Concobar. Così splendido era il suo regno che tutti i poeti ne cantavano la bellezza, e tale la meraviglia del suo palazzo che le più dolci canzoni di Erin ne cantavano le lodi. In un castello di questa fiero regno abitava Felim, un guerriero e suonatore di arpa caro al re.

Un giorno gli venne riferito che Concobar con i suoi vassalli avrebbe visitato il castello. Allora Felim fece un banchetto, e vi fu grande gioia, e tutti gli uomini che parteciparono furono molto contenti.

Ma nel bel mezzo della festa un vecchio mago, si alzò prima del grande raduno. Lunghi e bianchi erano i suoi capelli sulle spalle curve, neri erano i suoi occhi che guardavano nel vuoto da sotto le sopracciglia irsute. "Parla!", disse il Re al vecchio, "parla!, sappiamo che tu vedi, che hai strappato il velo che nasconde i segreti del domani".

In silenzio e con grande stupore tutta la compagnia prestò attenzione al vecchio saggio, poiché ciò che aveva già preannunciato non si era forse avverato?. Il mago, in silenzio, guardò i volti di tutti i presenti, uno alla volta, ma quando i suoi occhi si posarono su re Concobar, lo fissarono lungamente e quando li sollevò, su Felim indugiarono.

Poi il Saggio parlò: "Questa notte, O Felim, una bambina nascerà da te entro queste mura. Più bella tra le belle sarà tua figlia, occhi di stelle; nessuna corda di arpa produrrà mai una musica più armoniosa della sua voce, nessuna sorgente fatata emetterà mai un suono tanto delizioso.

Eppure, O Felim, nei giorni avvenire, a causa di questa fanciulla un grande dolore scenderà sul nostro Re Concobar e su tutto il suo regno. In quei giorni, la gloria di Erin perirà, poiché se la casa del Ramo Rosso cade, chi potrà rimanere in piedi?".

Allora un grido di paura eruppe dalle persone riunite per la festa, e ogni uomo posò la mano sulla sua spada, poiché le parole che il saggio pronunciava non divenivano forse realtà?. "Lasciate che le nostre spade siano pronte, gridarono, uccideremo la bambina che nascerà questa notte, poiché è meglio che un bambino muoia piuttosto che venga versato il sangue di un'intera nazione". Allora Felim parlò: "Grande è la mia paura che il bambino che nascerà questa notte possa portare il lutto su voi tutti. Pertanto, se così piace al re, lascerò mia figlia morire, affinché la pace possa ancora regnare. Caro sarebbe un bambino a me e a mia moglie, ma ancora più caro è per noi il bene comune".

Ma la risposta del re Concobar tardò a venire. La sua anima era piena di desiderio, voleva vedere la fanciulla con gli occhi di stelle e sentire la sua meravigliosa voce.

Eppure la mano di ciascuno si posò sulla spada quando il re parlò. "Poni lontano da te, o Felim, questo tuo desiderio. Non pensare alla morte di tua figlia. E voi , popolo mio, rinfoderate le vostre spade. Lasciate che la bambina viva. Io, Concobar, sarò il suo tutore, e se mai il lutto scenderà, lasciate che si abbatta su di me, il vostro re". A queste parole rispose un principe. "Sarebbe bello, o re, ma il Saggio non disse forse: A causa di questa fanciulla un grande dolore scenderà su Re Concobar? Se lasciamo che la bambina viva , allora il tuo popolo sarà costretto a vederti in grandi difficoltà, poiché le parole del Saggio, forse non si avverano sempre?". "Di questo non mi sono dimenticato. Nel profondo della foresta, al di là delle lande della Solitudine, dovranno essere spesi i suoi giorni infantili. Che l'occhio dell'uomo non possa mai vederla, vivrà solitaria come un uccello in un deserto lontano". Allora le persone si lamentarono: "Vuoi tu davvero essere tutore di questo bambino, conoscendo il male che il saggio ha predetto?" "Sì, sarò il tutore della bambina, e quando sarà divenuta una donna sarà la mia legittima sposa. E se con la fanciulla verrà il lutto, allora che esso scenda su di me e non sulla mia terra". "Cosa ne pensi , o Felim

suonatore di arpa?" gridò il popolo. "Sarebbe meglio uccidere la
bambina, che far avverare quanto predetto".

"E che dici tu, o saggio?" "Ciò che ho predetto avverrà." Nello
stesso momento entrò nella sala un servo di Felim, e ad alta voce
proclamò che la nascita preannunciata era avvenuta:" Proprio
bella e forte è la bambina, davvero più bella di tutte quelle che
vidi." "E Deirdre il suo nome sarà", disse il Saggio "Deirdre dagli
occhi di stelle." E a causa delle parole di re Concobar, la vita della
bambina venne risparmiata, e quando i giorni di festa passarono,
Concobar ritornò al suo palazzo , e con lui prese la bambina
neonata e sua madre.

Dopo un mese ordinò alla madre di ritornare da Felim suo
marito, mentre la bambina rimase con lui. E nel profondo della
foresta, al di là delle lande della solitudine, il re diede ordine di
costruire una bella dimora, cosicché quando Deirdre compì un
anno andò a vivere là con una balia di fiducia. Sugli alberi della
foresta e in tutto il paese venne appeso l'ordine del re Concobar,
chiunque per cacciare o per altri scopi fosse entrato nel bosco,
avrebbe incontrato la morte. Una volta ogni settimana il re
visitava la bella bambina, e ogni giorno veniva portato cibo e
latte.

Cosi Deirdre ogni anno cresceva sempre più, ma nessuno poteva
ammirare la sua bellezza , eccetto la sua balia, il re e Lavarcam .

Lavarcam era una donna di fiducia del re, e solo lei poteva andare e venire dal palazzo alla piccola casetta.

Fu lei a raccontare a Deirdre le antiche leggende di dame e cavalieri, di draghi e di fate che abitavano le terre incantate.

Quando Deirdre ebbe sette anni il re non venne più una volta ogni settimana, ma solo due volte all'anno, in primavera quando gli alberi davano alla luce i primi germogli verdi, e di nuovo in autunno quando gli alberi offrivano il loro raccolto dorato.

E quando passarono altri sette anni, il re non si presentò più, né quando la terra era verde o dorata, né durante la blu estate o il canuto inverno, ma Lavarcam lo informava sempre sulla buona salute della fanciulla. Una bianca mattina d'inverno, Deirdre guardava dalla sua finestra, e vide disteso nella neve un vitello. Era stato ucciso dalla sua balia come cibo, il suo sangue rosso vivo tingeva la spessa coltre di neve.

Mentre Deirdre osservava i piccoli rigagnoli scarlatti, un corvo, nero come la notte, volò giù e bevve il sangue caldo. Allora Deirdre sorrise. "Dove sono i tuoi pensieri, piccola mia?" chiese Lavarcam, entrando nella stanza. "Stavo pensando" disse Deirdre "che se mai trovassi un giovane la cui pelle fosse bianca come la neve, le guance cremisi come quella pozza di sangue, e i capelli neri come l'ala del corvo, allora davvero lo amerei." Poi Lavarcam parlò:

"Una volta vidi un uomo così". "Qual'è il suo nome, Lavarcam, qual'è il suo nome?" esclamò Deirdre.

"Da dove viene? E dove si trova ora?" "E' il più bello di tre fratelli, e si chiama Nathos, figlio di Usna, e ora è con Concobar il re." Cosi Deirdre cominciò a pensare a Nathos e Lavarcam si preoccupò a causa delle parole che aveva pronunciato.

E quando Deirdre cominciò a sospirare giorno e notte dal desiderio di poter incontrare Nathos, Lavarcam cercò di escogitare un modo per far svanire il sogno della fanciulla. Un giorno, mentre ritornava dal palazzo del re, incontrò nelle lande della Solitudine un porcaro e due giovani pastori.

E anche se sapeva che nessuno aveva il permesso di entrare nel bosco, li portò dinanzi a un pozzo. Poi gli disse: "Aspettate qui, a questa fonte fino a quando non sentirete il grido della ghiandaia e il verso della volpe. Allora spostatevi lentamente verso la strada, ma non parlate con nessuno e quando sarete fuori dal bosco non lasciate che le vostre labbra riferiscano ciò che avete visto e udito." Con queste parole Lavarcam lasciò i tre uomini, ed entrò in casa. "Vieni, Deirdre" gridò "la neve brilla al sole, facciamo una passeggiata". Cosi Deirdre venne, e seguì Lavarcam. Ad un tratto l'anziana donna lasciò il suo fianco, e si chinò come a raccogliere un fiore di bosco.

Nello stesso momento si sentì il grido della ghiandaia e il verso della volpe. Allora Lavarcam tornò al fianco della fanciulla. "Che strano" disse Deirdre, "poter udire il grido della ghiandaia e il verso della volpe quando la neve è ancora cosi spessa." "Non prestare attenzione a suoni strani, cara Deirdre, ma guarda meglio da quella parte!". E mentre guardava Deirdre vide, come in un sogno, le forme di tre uomini camminare lentamente attraverso la foresta . "Guarda quegli uomini Deirdre!" disse Lavarcam. "Sono strani, non assomigliano agli uomini che ho visto cavalcare nelle lande della solitudine, infatti quelli che io vidi erano di bell'aspetto, ma i miei occhi non trovano cere nel contemplare questi strani uomini". "Eppure guarda c'è Nathos, sappi che questi uomini non sono altro che i tre figli di Usna". Allora Deirdre disse: "le tue parole sono false Lavarcam. Laggiù non cammina un uomo con la pelle bianca come la neve, con le guance cremisi come il sangue, né con i capelli neri come l'ala del corvo. Tu menti!". Allora la fanciulla in fretta, raggiunse gli uomini, e si fermò davanti a loro. Stupiti dalla sua sublime bellezza, la guardarono rapiti in silenzio. "Ditemi se voi siete i figli di Usna. Parlate!" Ma tra la meraviglia per la bellezza della fanciulla , e la paura per le possibili reazioni di Lavarcam, gli uomini rimasero muti. "Parlate!" si lamentò ancora. "Se davvero voi siete Nathos e i suoi fratelli, allora Concobar il Re merita davvero la mia pietà". A queste parole il porcaro non si trattenne. 'La tua meravigliosa bellezza testimonia che tu sei Deirdre, colei che il re nasconde nella foresta. Perché ci deridi chiedendo se siamo davvero i più belli tra i nobili di Concobar?

Chiaramente puoi comprendere da sola che siamo solo uomini di campagna, io sono un povero guardiano di porci, e loro dei pastori". "Guardiano di porci, io credo alle tue parole, vai allora dai figli di Usna, e dì a Nathos, il più anziano, che nella foresta al di là delle terre della Solitudine, Deirdre attende la sua venuta. Digli che domani, un'ora prima del tramonto del sole, mi troverà qui". "Se si viene a sapere che ho infranto la legge del re , morirò, ma tuttavia lo farò volentieri". Allora Deirdre lasciò gli uomini , e si avviò lentamente verso Lavarcam. Lavarcam era ansiosa di conoscere ciò che Deirdre aveva detto al guardiano dei porci , ma la ragazza non le disse nulla , e rimase sognante, tutto il giorno.

Verso il tramonto del giorno dopo, Lavarcam uscì per incontrare il re. Cosi Deirdre corse verso il pozzo, ma nessuno venne. Mentre Deirdre attendeva, Lavarcam si avvicinò al palazzo del re

.

Ed ecco! lì, per terra davanti a lei , giaceva il cadavere del porcaro. Lavarcam venne a conoscenza che alcuni anziani riferirono a Concobar il re, che il porcaro aveva parlato con Deirdre . Pertanto Lavarcam non andò al palazzo, ma andò dai figli di Usna. Riconobbe Nathos, e gli raccontò della solitudine della bella Deirdre e del suo desiderio di vederlo. Poi disse a Nathos: "ma non puoi incontrarla ora, poiché Concobar sa che la bella Deirdre ha parlato con il guardiano dei porci , per questo motivo è stato ucciso.' "Eppure non indugiare a lungo, perché se vai a caccia nella foresta, allora sicuramente potrai vedere Deirdre occhi di stelle, senza che nessuno possa saperlo". Sette giorni passarono , e Deirdre vagava nel bosco persa nel suo sogno, quando ad un tratto udì uno strano suono. Ah, potrebbe essere il corno da caccia di cui Lavarcam aveva parlato nei suoi racconti?.

La fanciulla si fermò e il suono del corno cessò. Nathos aveva lasciato la battuta di caccia e vagava attraverso la radura . Lì, immersa in una nebbiolina blu, circondata da una fitta fioritura di prugnolo, ebbe la visione più bella che occhio mortale mai vide. Nathos non riusciva a parlare, come se fosse sotto gli effetti di un incantesimo. Alla fine la fanciulla disse: "Nathos , figlio di Usna , cosa cerchi?" "E' Strano che tu conosca il mio nome.

Vorrei entrare in quella casetta laggiù, per parlare con la figlia di Felim il suonatore d'arpa. Eppure la morte mi aspetta se il Re venisse a conoscenza del mio desiderio. ' . "Io sono Deirdre, colei che tu cerchi , e se sembro bella ai tuoi occhi, ne sarò molto felice. Sei tu che ho aspettato a lungo, perché non è la tua pelle bianca come la neve , la tua guancia cremisi come il sangue , e i tuoi capelli neri come l'ala di corvo? Solitari sono i miei giorni in questo luogo, dove nessuno abita tranne la mia balia e Lavarcam". "Non esistono corde di arpa in grado di creare una musica così soave come la tua voce, nessuna sorgente fatata emette un suono cosi meraviglioso. Sei davvero tu Deirdre dagli occhi di stelle, che re Concobar confina qui come un uccello in gabbia?" "Si sono Deirdre

, ed è per volontà del re che io non posso allontanarmi da quella casetta laggiù senza Lavarcam al mio fianco." "Io ti amo, Deirdre , e vorrei essere tuo servo per sempre." "Io ti amo, Nathos, e vorrei rimanere con te. Lascia che io fugga con te da questo posto." Nathos aggrottò le sopracciglia pensieroso. "Se ci vedono mentre lasciamo la foresta, allora sarà la morte di entrambi; anche se non ci vedono moriremo comunque, poiché quando il Re saprà che Deirdre è fuggita, la farà cercare ovunque sino a quando non la troverà e poi la ucciderà." "Ma, Nathos, Concobar non è re nel paese di Alba. Fuggiamo da Erin, e in un'altra terra troveremo sicuramente la salvezza". "Tu parli saggiamente, coraggiosa Deirdre.

Se Concobar manderà un esercito ad Alba , esso verrà affrontato da un'armata delle mie terre. E sono terre meravigliose. Profumate di pino e alghe sulle rive, azzurre come i tuoi occhi sono le sue acque, e la maestosità dei suoi tramonti non può essere narrata". "Allora andiamo" disse Deirdre. "Allora lascia che sia ora, senza esitazioni, o non sarà mai" e nello stesso momento in cui Nathos pronunciò queste parole, Deirdre vide una strana luce nei suoi occhi, egli lanciò il suo giavellotto tra le felci, a pochi passi di distanza. "Quale bestia vuoi uccidere?" esclamò Deirdre, spaventata. "Nessuna bestia", rispose Nathos, "laggiù tra le felci, ora, giace un uomo morto, se il mio giavellotto ha centrato il suo bersaglio."

Timorosa e meravigliata Deirdre corse sul posto. Nessun uomo giaceva lì , ma vide sulle felci la forma di un uomo accovacciato e le tracce della sua fuga. Nathos la seguì , si chinò a prendere il suo giavellotto da terra, e lì, accanto, notò un coltello con l'elsa di legno. "E' come pensavo" disse. "Questo coltello è usato dal popolo delle montagne, sotto il dominio di Concobar. Il re vuole la mia vita. Vai, ritorna di nuovo alla tua casetta solitaria, e attendi il giorno in cui farà di te la sua regina". "Non chiedermi di allontanarmi da te, o Nathos , la tua strada deve essere la mia, oggi e sempre". "Vieni, allora", Nathos la prese per mano .

Attraverso la foresta ombrosa camminarono rapidamente , fino a quando si riposarono tra le felci. Poi Nathos andò avanti da solo e disse ai cacciatori che lo attendevano, di ritornare attraverso un lungo e tortuoso sentiero sino al castello dei figli di Usna . In tre giorni sarebbero giunti al castello, mentre Nathos e Deirdre sarebbero arrivati l'indomani, se senza indugiare, avessero camminato lunga la via più breve per tutta la notte. Cosi i messaggeri di Concobar avrebbero seguito i cacciatori , pensando di catturare Nathos . "All'alba, Deirdre, raggiungeremo il castello, e potremo riposare in sicurezza un giorno e una notte. Poi dovremo incamminarci per le colline e i laghi di Alba, e porteremo con noi Ailne e Ardan, perché se il Re viene e non mi troverà, allora ucciderà i miei fratelli". Così velocemente camminarono attraverso la foresta, attraverso le lande della solitudine, nelle valli, e sulle colline. Sopra brillavano le stelle pallide, e intorno a loro si udivano i lamenti degli uccelli notturni. Non si riposarono sino a quando non irruppe l'alba sul fianco della montagna. Rimasero lì sino a quando il rosa fece breccia tra il grigio, e il cielo cominciò a brillare simile a una madreperla. Poi si alzarono e seguirono il torrente che scendeva lungo la valle sottostante.

Finalmente Nathos si rallegrò. "Guarda, Deirdre , si trova laggiù il castello dei figli di Usna." E cosi dicendo chiamò i suoi fratelli, Ailne e Ardan lo raggiunsero subito. Ma quando si trovarono di fronte Deirdre, tanta era la loro meraviglia per la sua sublime bellezza, che rimasero incantati e non riuscirono a pronunciare nessuna parola . Allora Nathos disse: "La fanciulla che vedete non è altro che Deirdre, la figlia di Felim, l'arpista. Da questo giorno sarà la mia sposa e per voi come una sorella".

Ma quando i fratelli udirono simili parole, furono pieni di paura, perché non aveva forse Re Concobar giurato solennemente che sarebbe divenuta la sua regina? E non aveva forse il Saggio predetto che la figlia di Felim avrebbe portato il lutto sulla terra?. "Non chiedo a nessuno di condividere il dolore che potrebbe giungere", disse Nathos. "Domani, Deirdre e io, ci incamineremo verso la baia dove è stata allestita la nostra galea così da raggiungere le coste di Alba , prima di Concobar. E se mai sbarcherà anch'egli, troverà ad attenderlo il nostro esercito. Eppure temo che il re mi possa aver seguito sino qua, e non trovandomi possa uccidervi, non sarebbe più prudente se anche voi lasciaste questo posto?" Ardan parlò: "ti seguiremo, non per timore di ciò che potrebbe accaderci, ma per l'amore che nutriamo verso di te e la nostra bella sorella Deirdre. Se il dolore scenderà su di te , lascia che scenda anche su di noi. Siamo figli della stessa madre , e se la morte arriverà , l'affronteremo insieme da uomini . Non siamo forse legati tra di noi fino alla morte?" Poi Ailne disse: "Come ha detto Ardan, anche se le parole del Saggio si avvereranno noi non ti lasceremo mai d'ora in poi". Ma quando Deirdre sentì che i figli di Usna sarebbero stati pronti ad affrontare la morte per lei sospirò a voce alta: "Ahimè! Non voglio portare il lutto sulla terra. Lasciatemi tornare alla mia dimora nella foresta , e lì con Lavarcam vivrò e morirò." Ma Ardan rispose: "Non ti lasceremo mai andare via solo per paura di ciò che potrebbe accadere a noi, i figli di Usna, ma solo per tua libera scelta." La mattina dopo centocinquanta uomini cavalcarono con i tre figli di Usna e

Deirdre, la moglie di Nathos, verso la baia dove la galea era stata allestita. Quando giunse la notte, mentre si trovavano su un alta collina , si guardarono indietro, e là nella valle al di sotto, dove sorgeva il castello dei figli di Usna , videro una colonna di fuoco. La fronte di Nathos si rabbuiò: "Il fuoco che vedete nella valle sottostante divora il castello dei figli di Usna . La mano che accese il fuoco è sicuramente la mano di Concobar il Re". Poi cavalcarono avanti e non riposarono fino a quando non raggiunsero la galea e la baia d'oro. Il profumo del mare, il bagliore delle sue acque blu e le onde danzanti, li resero determinati, forti, felici e liberi. Deirdre , che non aveva mai visto il mare e le sue grandi meraviglie , rise con gioia e cantò una canzone in onore al mare, che Lavarcam le aveva insegnato tempo addietro, quando non conosceva le onde e il suo significato le era sconosciuto. Al tramonto la galea raggiunse le coste di Mull , e dato che il vento cessò si fermarono in una baia , e mentre guardavano attraverso il mare i rocciosi promontori di Alba , parlarono a lungo della direzione da prendere il giorno dopo.

Avrebbero dovuto cercare la protezione del Re , oppure sarebbero andati dove si trovava il castello di loro padre? Ma quella notte arrivò una galea dall'isola a nord con venti uomini e il loro comandante. E con il comandante c'era uno sconosciuto riccamente vestito, il volto coperto da un largo cappuccio cosi che nessuno potesse vedere il suo viso. Mentre il comandante esortava i figli di Usna ad attraversare il mare verso Alba , e raggiungere il palazzo del re lo sconosciuto posò i suoi occhi su Deirdre. "Ma prima, Nathos, vieni al mio castello dalle alte mura" disse lo straniero, "e porta con te tua moglie e i tuoi fratelli". "Non è bene che io vada nel castello di un uomo di cui non so il nome" disse Nathos . "Il mio nome è Angus" rispose lo straniero. "Allora, Angus , mostrami il tuo viso, perché non è bene che io vada nel castello di uomo, di cui non conosco il volto". Così Angus gettò indietro il cappuccio , e Nathos vide che le labbra di Deirdre divennero pallide mentre diceva: "Non domani , Angus; ma il mattino seguente, se vorrai venire di nuovo , allora potrai condurci nel tuo castello dalle alte mura. Oggi abbiamo viaggiato molto e abbiamo bisogno di riposarci." Ma Angus si rivolse ancora verso i figli di Usna e li implorò di non indugiare più sull'isola: "Questa notte l'isola potrebbe essere spazzata via dalla tempesta oppure l'esercito di Concobar potrebbe raggiungervi e allora cosa accadrebbe alla bella fanciulla? Perché non la portate al mio castello, e la lasciate riposare in sicurezza in compagnia di mia moglie e delle sue ancelle?" Nathos guardò Deirdre , e vide che era ancora convinta delle parole pronunciate precedentemente cosi le ripeté anch'egli: "non domani, Angus; ma il mattino seguente , se vorrai venire di nuovo , ti seguiremo nel tuo castello dalle alte mura". Allora Angus , accigliato, fece ritorno con il comandante e i suoi uomini alla loro nave e quando salparono chiese quanti uomini i figli di Usna avevano con loro. Ma quando gli venne detto che il loro numero era centocinquanta , non chiese più nulla, poiché solo trenta accompagnavano il comandante, e cosa potrebbe mai fare un uomo solo contro cinque?. Quando gli stranieri se ne andarono, Nathos chiese a Deirdre perché non voleva visitare il giorno stesso il castello di Angus . "Allora io ti dirò perché non sono andata questo giorno, né potrò accedere in qualsiasi altro giorno avvenire al castello di colui che si chiama Angus . Così egli si fa chiamare, ma in verità non è altro che il Re di Alba. In un sogno mi è stato rivelato, e lo vidi calpestare il tuo cadavere. Nathos , quell'uomo vorrebbe rapirmi e consegnarti nelle mani di Concobar". "Deirdre è saggia", disse Ardan. "Al mattino dovremo essere lontani da qui , quando il sole si leverà il comandante non potrebbe forse essere già

sulle nostre tracce con il triplo dei nostri uomini?". E Nathos ,
anche se era addolorato per la stanchezza di Deirdre , acconsentì.
Così salparono , e attraverso la fitta nebbia di una notte senza
stelle affrontarono le onde invisibili.

Quando virarono verso nord Deirdre rise nuovamente di gioia ,
mentre ascoltava le canzoni dei rematori. Quando l'alba luccicava
giunsero a un lago, le sue acque erano adombrate dalle colline. E
qui gli venne detto che il re di Alba, che si faceva chiamare
Angus , non aveva alcun castello in occidente , ed era già ripartito
per Dunedin . Dissero anche, che il comandante che navigava con
lui a Mull non era più un grande lord, quindi non avevano nulla
da temere. I figli di Usna gioirono a queste notizie, poiché ora
potevano navigare verso sud per raggiungere il castello della loro
infanzia.

Ma per otto giorni si attardarono ancora sulle rive del lago , e
più il respiro salato del mare accarezzava le gote di Deirdre , più
ella diveniva bella; e più i suoi occhi si immergevano nella
maestosità dell'alba dell'ovest, più splendevano di una luce
abbagliante. Poi, quando l'ottavo giorno venne , salparono e si
stabilirono nelle vicinanze delle terre su cui sorgeva la casa della
loro infanzia . E con grande gioia coloro che abitavano sulla
collina e sulla spiaggia si resero conto del ritorno dei figli di Usna
, quindi si riunirono intorno a loro , porgendogli i loro omaggi.

Allora i centocinquanta uomini che Nathos aveva portato con sé, tornarono all'isola verde. "E tu, Ailne, e tu, Ardan, non volete tornare anche voi? qui Deirdre e io, possiamo vivere da soli in sicurezza anche con pochi compagni." Ma i suoi fratelli non volevano lasciare Nathos , poiché non erano forse legati fino alla morte?. Per tutto l'inverno vissero in pace e contenti.

Di giorno andavano a cacciare e a pescare , e quando scendeva la notte Deirdre lasciava cadere dalle sue labbra splendide melodie che gonfiavano i loro petti eroici con sogni di gesta nobili. Ma quando sbocciò la primavera con i suoi fiori, venne detto ai figli di Usna che il re di Alba aveva giurato di bruciare e radere al suolo ogni pietra che sorgeva sulla terra di loro padre, di uccidere Nathos , e sposare Deirdre dagli occhi di stelle.

Quindi, salparono nuovamente con la loro galea, portando con sé cinquanta uomini. Navigarono verso nord , fino a raggiungere le montagne e la casa d'infanzia della loro madre. Sulla sommità di un alto colle sorgeva il castello dove un tempo abitarono. Ora era del tutto abbandonato salvo per qualche pastore errante e i nidi degli uccelli, eppure proprio qui, nel pieno della primavera , i figli di Usna trovarono la loro casa. Non passò molto tempo prima che i capi dei popoli delle montagne giurassero fedeltà a Nathos e lo riverissero, come un re .

E mentre ancora il timo selvatico fioriva , venne detto ai figli di Usna che il Re di Alba era morto , e che il nuovo Re sarebbe stato felice di poter firmare un legame di amicizia con Nathos e i suoi fratelli . E il legame fu firmato , e per tre anni i figli di Usna abitarono in pace e gioia. Nel nord si riposarono , fino a quando le montagne fiorirono di oro ,viola, di erica e felci. Ma ancor prima che le prime gelate arrivassero salparono verso sud, verso la terra che il coraggioso Usna aveva governato , dove ora potevano vivere in sicurezza e pace.

Cosi molte volte durante la giovane estate navigarono verso sud. Nessun blu era più blu , nessun verde era più verde , di quelli che videro. E tutta la terra di Alba narrava le gesta dei figli di Usna , e nessun poeta o bardo scrisse mai una canzone così toccante come quella sulla meravigliosa bellezza di Deirdre .

Ma nel suo palazzo abbagliante sull'Isola Verde di Erin , Concobar nutriva cupi pensieri di vendetta. Questo Nathos che aveva rubato Deirdre dalla foresta al di là delle lande della solitudine non meritava di vivere in pace . Egli doveva sicuramente morire, così Deirdre dagli occhi di stelle sarebbe stata finalmente la Regina di Concobar . E il re fece un banchetto così magnifico come non era mai stato visto in tutta l'Isola Verde. E vennero invitati tutti i principi e i nobili delle terre su cui Concobar regnava .

Nel bel mezzo della festa , mentre tutti erano seduti intorno al tavolo , un grande silenzio cadde nella sala, mentre Concobar parlava del suo malcontento. "Non è giusto che tre eroi del regno ,

Nathos , Ardan e Ailne , siano esiliati dalla nostra isola a causa di una donna , anche se lei è bella come maggio. Quando i giorni bui arriveranno, potremmo avere bisogno di loro ,quindi lasciate che i figli di Usna possano ritornare qui dalla loro casa sulle montagne". A queste parole, tutti gioirono , perché ben sapevano che era per paura della vendetta di Concobar che Nathos era fuggito dall'Isola Verde. "Andate" disse Concobar , quando vide la letizia del popolo , "andate quindi ad Alba e ritornate quando avrete convinto i tre figli di Usna". Allora uno dei nobili parlò: "andremmo volentieri, ma chi è in grado di portare a te Nathos , contro la sua volontà?" "Colui che mi ama di più" rispose il re "egli riuscirà a portare con sé gli eroi esiliati". E dopo la festa il Re avvicinò un principe guerriero , e gli parlò così : "Se ti mandassi ad Alba dai figli di Usna , e li vedessi morire, uccisi da un uomo sotto il mio comando, che cosa faresti tu?" "o re , dovrei uccidere chi ha commesso un simile atto mostruoso , anche qualora fosse al tuo comando". Ancora una volta il re chiamò un principe guerriero . A lui parlò come al primo . E questo principe rispose: "Se per tuo comando vedessi i figli di Usna giacere morti, allora guai su di te! poiché con la mia propria mano dovrei prendere la tua vita!". Poi il re parlò a Fergus , e Fergus rispose: "qualunque cosa accada ai figli di Usna , la mia mano non si solleverà mai contro il mio re". "A te , buon Fergus , affido questa missione. Vai tu ad Alba e porta qua con te Nathos , Ailne e Ardan . E quando ritornerai di nuovo a Erin , allora farai una festa a casa di Borrach , però manda i tre figli di Usna subito da me". Fu così che il giorno dopo Fergus salpò con una nave nera per Alba , prendendo con sé i suoi due figli e un timoniere . La fioritura di inizio estate illuminava la terra , e Nathos e i suoi fratelli non avevano ancora lasciato la casa del padre per il castello nel nord. I giorni erano caldi , e avevano piantato tre tende in riva al mare ,una per Nathos e Deirdre , una per Ailne e Ardan , e una in cui mangiare e bere. A mezzogiorno Nathos e Deirdre giocavano a scacchi .

La scacchiera era d'avorio , gli scacchi erano d'oro battuto, ed erano appartenuti a Concobar , poiché il giorno prima che i figli di Usna fuggissero da Alba, il re li abbandonò mentre dava loro la caccia. Mentre Nathos e Deirdre giocavano , ad un tratto sentirono un grido provenire dalla riva. "E' la voce di un uomo di Erin", disse Nathos, cosi fermarono il loro gioco . Ancora un grido , i figli di Usna si sentirono chiamati per nome. "Sì, è vero è il grido di un uomo di Erin" Ma Deirdre disse: "No, tu sogni , Nathos . Continuiamo a giocare." Poi giunse un grido più vicino e più chiaro, e anche se non riusciva a vedere nessuno , sapeva che era proprio la voce di un uomo di Erin. "Vai , Ardan" disse Nathos "vai al porto , e accogli Fergus dall'Isola Verde , perché nessun altro può essere se non lui". Ma quando Ardan andò , Nathos vide che le labbra di Deirdre impallidirono e una grande paura comparve nei suoi occhi. "Da dove viene un simile terrore?" chiese. "Non mi è forse stato rivelato in sogno , o Nathos , che Fergus anche se pronuncia parole di miele, nella sua mente ha il proposito di spargere il nostro sangue?".

Proprio mentre cosi parlava Ardan accompagnò Fergus dove i due sedevano ai lati della scacchiera . Entusiasti i figli in esilio di Usna chiesero notizie dei loro amici rimasti nell'Isola Verde. "Vengo a voi" disse Fergus , "con gli omaggi di Concobar il re. Volentieri rivedrebbe ancora una volta in Erin, la fanciulla più bella e gli eroi più coraggiosi del suo regno. Vi offrirà la pace in pegno, e grande sarebbe la sua accoglienza , se ritornerete con me." Ma prima che i fratelli potessero rispondere , Deirdre parlò. "Qui ad Alba, ora Nathos governa territori più ampi rispetto al regno di Concobar . Perché dovrebbe cercare il perdono del re?" "Eppure", rispose Fergus , "Erin è la sua terra adottiva. Sin dalla sua infanzia Nathos è stato un eroe dell'Isola Verde , e ancora molta gioia là lo attende, e quando sarà necessario potrebbe aiutarci a difenderla." "Abbiamo due paesi", disse Ardan , "ed entrambi ci sono cari. Tuttavia , se Nathos tornerà con te a Erin , lo seguirò anche io insieme ad Ailne". "Andrò dunque", disse Nathos , ma dicendo ciò non osservò Deirdre dagli occhi di stelle. Quella notte tutti festeggiarono tranne Deirdre . Pesante era il suo cuore, e sentiva che non avrebbe più trovato riposo nella terra di Alba. Il giorno dopo si misero in mare e rapidamente la nave li portò verso le coste dell'Isola Verde.

E quando Deirdre si trovò ancora una volta sul suolo della propria terra , allora il suo cuore si rallegrò, e per un breve attimo dimenticò le sue paure e i suoi cattivi sogni . In tre giorni arrivarono al castello di Borrach , e qui Fergus doveva mantenere la propria promessa di partecipare al banchetto. "Devo mantenere la mia promessa -disse rivolgendosi a chi lo accompagnava- ma manderò con voi i miei due figli". "Certamente devi onorare la tua promessa, Fergus" rispose Nathos ,"ma non abbiamo bisogno della protezione dei tuoi figli, ci aiuteremo l'un con l'altro lungo il viaggio". Deirdre insistette dicendo che sarebbe stato meglio rimanere, e quando Nathos si incamminò scoprì che la moglie era scomparsa dal suo fianco.

Ritornò indietro e la trovò immersa in un sonno profondo al margine della strada . Svegliandola dolcemente , Nathos lesse il terrore nei suoi occhi stellati . "Cosa non va, mia regina?" "Ancora una volta ho sognato , o Nathos , e nel mio sogno ho visto la nostra piccola compagnia, ma solo il figlio più giovane di Fergus aveva ancora la testa sulle spalle. Non andiamo da Concobar , o ciò che ho visto nel mio sogno, si avvererà." Ma Nathos non aveva timore, perché non era forse Fergus giunto da loro con la promessa di pace del Re? Così l'indomani giunsero al grande palazzo . Concobar diede ordine che i tre figli di Usna, Deirdre occhi di stelle, e i due figli di Fergus fossero ospitati nella Casa del Ramo Rosso. E comandò di offrirgli cibi squisiti e piacevoli. Ma quando fu sera , e tutta la compagnia era immersa nell'allegria , Deirdre stanca per il viaggio giaceva su un divano drappeggiato con pelli di cervo , e giocava insieme a Nathos alla scacchiera in oro e avorio . E mentre Deirdre stava riposando , la porta si aprì , ed entrò un messaggero del re. Il messaggero altri non era se non Lavarcam , inviata per scoprire se Deirdre fosse

ancora così bella come una volta. E quando Lavarcam vide Deirdre
, i suoi occhi si riempirono di lacrime. "Non è bene , o Nathos , che
tu perda tempo a giocare con la scacchiera di Concobar, dovresti
pensare a salvare Deirdre , tua moglie. Infatti, all'interno di queste
mura , siete in suo potere". All'improvviso Deirdre parlò, con gli
occhi fissi nel vuoto: "Io vedo come in un sogno. Come in un sogno
vedo tre torce . Tre torce saranno accese questa notte. I nomi delle
torce sono Nathos , Ailne e Ardan . Ahimè! A causa della bellezza
di una donna questi coraggiosi muoiono". Nè i figli di Usna né i
figli di Fergus parlarono . Poi Nathos disse: "è meglio, Deirdre ,
divenire una torcia temprata dal tuo amore che vivere senza di te.
Ciò che accadrà, accadrà." "Ora mi devo comportare normalmente"
disse Lavarcam , "poiché Concobar mi attende. Ma , figli di Usna ,
fate sì che le porte e le finestre da questa notte siano sbarrate".

Poi Lavarcam si affrettò e disse al re che i figli di Usna erano
giunti a Erin per vivere in pace , ma che la bellezza di Deirdre era
sbiadita cosicché ella non era la più bella fra le donne . Allora
Concobar si adirò , e chiamò un altro messaggero . Poi chiese a
questo uomo: "Chi uccise tuo padre e tuo fratello?" "Nathos , figlio
di Usna , o mio re!" "allora vai alla Casa del Ramo Rosso , e dimmi
se Deirdre è ancora la più bella tra le donne". Cosi l'uomo andò .
Ma quando scoprì che porte e finestre erano sbarrate , capì che i
figli di Usna erano stati avvertiti dell'ira del re. Ma attraverso una
finestra aperta , spiò e guardò dentro. Cosi Deirdre vide gli occhi
dell'uomo , e lo disse a Nathos , ed egli, con il vescovo d'avorio in

mano , prese la mira come fosse il suo giavellotto , e il pezzo degli scacchi trafisse l'occhio della spia, facendolo divenire cieco. Cosi l'uomo tornò da re Concobar e disse , "Deirdre , la moglie di Nathos , è ancora la più bella di tutte le donne". A quelle parole Concobar non riuscì più a contenere la sua ira: "Alzatevi , voi Ultonians! vi ordino di mettere al rogo la Casa del Ramo Rosso!". Cosi gli Ultonians appiccarono il fuoco. Allora il più giovane dei figli di Fergus furente si scagliò sugli Ultonians e uccise trecento uomini.

E quando il re Concobar vide l'assalto , gridò ad alta voce: "Chi ha fatto questo?". E quando gli dissero che il responsabile era il figlio di Fergus , disse: "a un simile eroe darò in dono le terre che più gli aggradano, ed egli sarà per me come un figlio, se abbandonerà i figli di Usna". Allora il figlio di Fergus rispose: "Giuro di onorarti, oh re, e di non fare ritorno alla Casa del Ramo Rosso". Cosi quando non tornò , Deirdre , disse: "Fergus ci ha ingannato, così come suo figlio". Poi uscì il figlio maggiore di Fergus , e si scagliò sugli Ultonians , e perirono per mano sua trecento uomini.

E quando Concobar vide chi era stato a compiere una simile gesta, chiamò suo figlio , che era nato la stessa notte del figlio di Fergus. "Prendi queste mie armi magiche" esclamò , "e cala sul nemico." Allora il figlio di Concobar cominciò a colpire

duramente con le sue armi incantate , e tutte le onde di Erin
tuonarono ad ogni fendente.

E un grande guerriero , uditi i tuoni , venne cavalcando attraverso
la pianura , e in mano impugnava una spada magica con la lama
blu. Raggiunse i combattenti e si precipitò sul figlio di Fergus, e
alle spalle trafisse con la lama blu il suo cuore. "Avrei desiderato
che il mio nemico combattesse onestamente", disse l'uomo morente.
"Chi sei tu?" chiese lo sconosciuto . E il figlio di Fergus disse il suo
nome, e raccontò ciò che era accaduto nella Casa del Ramo Rosso.
Poi lo sconosciuto disse: "non me ne andrò da qui , no , non fino a
quando vedrò il figlio di Concobar nella polvere"; e allora si
precipitò sul figlio del re, e con un colpo della lama blu troncò la
sua testa di netto. Poi se ne andò.

E ora gli uomini dell'Ulster circondarono la casa del Ramo Rosso
e appiccarono il fuoco alle sue mura. Ma Ardan uscì, spense il
fuoco e uccise trecento uomini , e dopo di lui venne Ailne e ne
uccise una grande moltitudine. Un raggio scintillante di fioca luce
grigia ora erompe e brilla sulle sagome dei morti e dei morenti .

E in quell'ora Nathos baciò Deirdre e uscì dalla casa. E non come
un uomo, ma come un eroe si precipitò sugli Ultonians e uccise
mille uomini . Quando Concobar vide ciò chiamò il saggio che
nella casa di Felim l'arpista aveva predetto il lutto che sarebbe sceso
sul suo regno . E quando il vecchio giunse, Concobar disse: "giuro
che non nutro più alcun rancore verso i figli di Usna , ma

continuando cosi uccideranno ogni Ultonian del mio regno.
Perciò vorrei l'aiuto della tua potenza magica".

E il Saggio credette alle parole di Concobar , e creò una siepe di
lance per circondare la casa bruciata. E mentre le fiamme
crescevano alte i figli di Usna scapparono con Deirdre occhi di
stelle. E intorno a lei misero i loro scudi , e cosi attraversarono la
siepe di lance e raggiunsero la pianura. Ma quando il Saggio vide
che con la sua magia non riuscì a ottenere nulla ,operò un altro
incanto , e la pianura su cui Deirdre camminava con i figli di
Usna , si ricoprì di acqua tempestosa . E il livello del mare
aumentava sempre di più, sempre più alto e ancora più alto, cosi
Nathos sollevò Deirdre sulle spalle , ed ella si riposò , con le
braccia bianche intorno al collo dell'eroe. Ma ora le acque si
calmarono , e capirono che non era nel loro destino morire
annegati.

Poi, le acque si ritirarono dalla pianura e i soldati vennero e
legarono Nathos , Ailne , e Ardan , per portarli dinanzi al re. Cosi
Concobar comandò di ucciderli davanti ai suoi occhi. "Se tale
deve essere il nostro destino , allora uccidete me per primo", disse
Ardan "perché io sono il più giovane dei figli di Usna". "No"
disse Ailne "lasciate che io sia il primo a cadere". Poi Nathos
parlò: "Noi tre , figli della stessa madre, non saremo divisi nella
morte . Insieme abbiamo seminato in primavera , fianco a fianco
abbiamo colto i frutti dell'estate; l'autunno è ancora lontano,

eppure dobbiamo essere abbattuti come grano maturo. Ma lasciamo che ci colgano insieme, ché uno non può essere lasciato per piangere l'altro.

Con questa spada che mi è stata donata da un eroe della nostra terra, separerete le nostre teste in un solo colpo". Al che posero le loro teste sul ceppo. Un lampo di acciaio, e Alba venne privata dei più belli e più nobili dei suoi figli. E l'aria afflitta emise un grido di lamento. Poi un grande campione cavalcò attraverso la pianura, e riferì a Deirdre del destino dei figli di Usna. E sotto la sua protezione la fanciulla dagli occhi di stelle raggiunse i corpi degli eroi morti. E Deirdre si inginocchiò e si chinò sul viso di Nathos, e baciò le sue labbra fredde.

Poi, per ordine del campione, tre tombe vennero scavate, e lì, in piedi, vennero sepolti Nathos, Ailne e Ardan, e sulle spalle di ognuno venne posta la loro testa. E quando Deirdre guardò nella tomba di Nathos, intonò una nenia che narrava delle gesta coraggiose dei figli di Usna, del suo amore per Nathos, e di come egli sia morto sul ceppo. Così le corde del suo cuore si ruppero e cadde morta ai piedi di suo marito e al suo fianco venne sepolta. In quella stessa ora morì anche il Saggio; e mentre moriva, gridò ad alta voce : "Ciò che deve accadere, accadrà". E così fu, i soldati di Concobar erano sparsi come le foglie d'autunno sulla pianura, la Casa del Ramo Rosso distrutta, e Concobar morì in preda alla follia della disperazione, e in tutta l'Isola Verde calò il lutto e la desolazione. Ma attraverso i secoli la leggenda della meravigliosa bellezza di Deirdre venne cantata e continuerà ad essere narrata di nuovo , perché quando mai il mondo sarà stanco di ascoltare la più triste tra le storie: il destino dei Figli di Usna e di Deirdre dagli occhi di stelle?

Ailne , e Ardan , per portarli dinanzi al re. Cosi Concobar comandò di ucciderli davanti ai suoi occhi. "Se tale deve essere il nostro destino , allora uccidete me per primo", disse Ardan "perché io sono il più giovane dei figli di Usna". "No" disse Ailne "lasciate che io sia il primo a cadere". Poi Nathos parlò: "Noi tre , figli della stessa madre, non saremo divisi nella morte . Insieme abbiamo seminato in primavera , fianco a fianco abbiamo colto i frutti dell'estate; l'autunno è ancora lontano, eppure dobbiamo essere abbattuti come grano maturo. Ma lasciamo che ci colgano insieme, ché uno non può essere lasciato per piangere l'altro. Con questa spada che mi è stata donata da un eroe della nostra terra, separerete le nostre teste in un solo colpo". Al che posero le loro teste sul ceppo. Un lampo di acciaio , e Alba venne privata dei più belli e più nobili dei suoi figli. E l'aria afflitta emise un grido di lamento .

Poi un grande campione cavalcò attraverso la pianura , e riferì a Deirdre del destino dei figli di Usna. E sotto la sua protezione la fanciulla dagli occhi di stelle raggiunse i corpi degli eroi morti . E Deirdre si inginocchiò e si chinò sul viso di Nathos , e baciò le sue labbra fredde. Poi , per ordine del campione , tre tombe vennero scavate , e li , in piedi , vennero sepolti Nathos, Ailne e Ardan , e sulle spalle di ognuno venne posta la loro testa. E quando Deirdre guardò nella tomba di Nathos , intonò una nenia che narrava delle gesta coraggiose dei figli di Usna, del suo amore per Nathos, e di come egli sia morto sul ceppo. Così le corde del suo cuore si ruppero e cadde morta ai piedi di suo marito e al suo fianco venne sepolta . In quella stessa ora morì anche il Saggio; e mentre moriva , gridò ad alta voce : "Ciò che deve accadere, accadrà". E così fu, i soldati di Concobar erano sparsi come le foglie d'autunno sulla pianura, la Casa del Ramo Rosso distrutta , e Concobar morì in preda alla follia della disperazione , e in tutta l'Isola Verde calò il lutto e la desolazione. Ma attraverso i secoli la leggenda della meravigliosa bellezza di Deirdre venne cantata e continuerà ad essere narrata di nuovo , perché quando mai il mondo sarà stanco di ascoltare la più triste tra le storie: il destino dei Figli di Usna e di Deirdre dagli occhi di stelle?

I Quattro Cigni Bianchi

N ei giorni antichi viveva nell'isola verde di Erin una razza di coraggiosi uomini e affascinanti donne: il popolo dei Dedannans. Questo nobile popolo abitò a Nord , sud, est e a ovest, rendendo i propri omaggi a molti differenti signori. Ma una mattina blu dopo una grande battaglia i Dedannans si riunirono per scegliere un re. "Facciamo" sì dissero "che un solo re ci governi!" Cosi si fecero avanti cinque principi in grado di impugnare uno scettro e di indossare una corona, anche se i più nobili sembravano Bove Derg e Lir. Cosi i cinque capi si fecero avanti affinché i Dedannan potessero liberamente scegliere a chi rendere omaggio come re. Ma non per molto camminarono, poiché presto si levò un gran grido: "Bove Derg è il Re. Bove Derg è il re". E tutti festeggiarono, salvo Lir. Lir infatti si adirò molto, lasciò la pianura dove i Dedannan vivevano, senza salutare nessuno e senza offrire la propria riverenza a Bove Derg poiché la gelosia aveva riempito il suo cuore.

Allora anche i Dedannans si adirarono, e un centinaio di spade vennero sfoderate e balenarono nella luce del sole della pianura. "Andiamo a uccidere Lir, poiché non riverisce il nostro Re e non rispetta la scelta del popolo". Ma saggio e generoso era Bove Derg, cosi ordinò ai guerrieri di non fargli alcun male. Per lunghi anni Lir visse nel malcontento, non giurando obbedienza a nessuno. Un giorno, un grande dolore cadde su di lui. Sua moglie, che tanto amava morì dopo solo tre giorni di malattia. Ad alta voce pianse la sua morte, e appesantito dal dolore fu il suo cuore.

Quando la voce del dolore di Lir raggiunse Bove Derg , egli era circondato dai suoi comandanti più potenti. "Andate" disse, "andate con cinquanta carri da lui. Raccontate a Lir che io sono suo amico da sempre, e ditegli che venga da me. Delle mie tre figlie potrà sceglierne una come moglie, se si inginocchierà alla volontà del popolo , che mi ha scelto come loro re". Quando queste parole vennero riferite a Lir, il suo cuore si rallegrò. Rapidamente chiamò a sé il suo seguito e partirono sui cinquanta carri. Né mai rallentarono fino a raggiungere il palazzo di Bove Derg sul Grande Lago. E verso la fine del giorno , quando i raggi del sole cadevano obliqui sulle acque d'argento , Lir riverì Bove Derg . e Bove Derg baciò Lir giurando di essere suo amico per sempre. E quando gli eserciti dei Dedannan seppero che la pace regnava tra questi potenti comandanti, allora tutti gli uomini e le donne e i bambini gioirono , e in nessun luogo potevano trovarsi cuori più felici che nell'Isola Verde di Erin .

Il tempo passava , e Lir abitava ancora con Bove Derg nel suo palazzo sul Grande Lago. Una mattina il re disse: "Molto bene, ormai conosci le mie tre figlie adottive, né io ho dimenticato la mia promessa. Scegli pure la tua preferita." Allora Lir rispose: "Tutte sono davvero molto belle, la scelta è assai difficile, ma donatemi la maggiore, se lei è ben disposta nei miei confronti".

Ed Eve , la maggiore delle fanciulle , fu contenta , e quello stesso giorno si sposò con Lir, e dopo due settimane lasciò il palazzo sul Grande Lago e cavalcò con il marito verso la sua nuova casa. Nella fortuna viveva la famiglia di Lir e allegramente passarono i mesi. Poi nacquero a Lir due gemelli: la ragazza venne chiamata Finola , e suo fratello Aed. Ancora un altro anno passò e di nuovo nacquero due gemelli , ma prima che i bambini potessero conoscere la loro madre , ella morì. Così duramente Lir fu afflitto dal dolore che rischiò di morire per la disperazione se non fosse stato per il grande amore che nutriva verso i suoi figli. Quando la notizia della morte di Eva raggiunse il palazzo di Bove Derg sul Grande Lago tutti piansero ad alta voce per Eve, per Lir e i suoi quattro bambini.

E Bove Derg disse ai suoi potenti comandanti: "grande è il nostro dolore, ma in questo momento buio Lir deve essere sostenuto dalla nostra amicizia . Cavalcate, ditegli che Eva , la mia seconda figlia adottiva, diventerà sua moglie e crescerà i suoi bambini." Così i messaggeri cavalcarono per portare queste notizie a Lir, e Lir tornò al palazzo di Bove Derg sul Lago Grande

, e si sposò con la bella Eva e la portò con sé dalla sua piccola figlia, Finola , e dai suoi tre fratelli , Aed e Fiacra e Conn.

Erano quattro bambini belli e gentili, e con tenerezza Eva si prese cura di loro, cosi divennero la gioia del padre e l'orgoglio dei Dedannans . Per quanto riguarda Lir , tanto grande era l'amore che portava loro, che alzandosi di buon mattino scostava da una parte la pelle di daino che separava la sua stanza da letto con la loro, e accarezzava e giocava con i bambini fino a mattina tardi. Bove Derg li amava pressoché come Lir. Molte volte li venne a trovare e spesso furono ospitati nel suo palazzo sul grande lago. E in tutta l'Isola Verde , dove abitavano i Dedannan , crebbe la fama della bellezza dei figli di Lir .

Il tempo passò, e Finola divenne una bambina di dodici estati . Allora una malvagia signora posò le proprie radici nel cuore di Eva , e crebbe tanto da strangolare l'amore che nutriva per i figli di sua sorella. Amaramente disse: "Lir non ha cura di me ; a Finola e ai suoi fratelli ha donato tutto il suo amore ." E per settimane e mesi Eva rimase a letto a pianificare come poter fare del male ai figli di Lir . Un mattino di mezza estate , ella diede ordine di preparare la sua carrozza per portare i quattro bambini al palazzo di Bove Derg . Quando Finola udì il suo intento il suo bel viso impallidì , in un sogno le venne infatti fatti lato che Eva , la sua matrigna , nutriva un malvagio intento contro i suoi famigliari. Quindi Finola era molto impaurita, ma solo i suoi grandi occhi e le guance pallide testimoniavano la sua apprensione mentre viaggiava con i suoi fratelli ed Eva. Cosi viaggiarono i ragazzi ridendo allegramente , incuranti delle ombre sulla fronte della loro matrigna , e delle pallide, tremanti labbra della loro sorella .

Quando raggiunsero una via ombrosa Eva sussurrò ai suoi paggi "uccidete vi prego , i bambini di Lir , poiché loro padre non si cura più di me , a causa del grande amore che nutre per loro. Uccideteli , e una grande ricchezza sarà vostra". Ma i paggi risposero con orrore: "non li uccideremo, oh Eva , grande sarà il male che scenderà su di te , per aver covato nel tuo cuore un simile proposito." Allora Eva , colma di rabbia , sguainò la spada per ucciderli con le proprie mani , ma si rivelò troppo debole e cadde dentro al carro .

Cosi continuarono a viaggiare, uscirono dall'ombroso sentiero e si ritrovarono alla luce del sole. Le Margherite con gli occhi spalancati guardavano verso il cielo blu, dorati luccicavano i ranuncoli tra il trifoglio. Dai fossati facevano capolino non-ti-scordar-di-me, i caprifoglio profumavano le siepi, tutto intorno cantava il fanello, l'allodola e il tordo. Cosi Mentre i figli di Lir affrontavano il loro destino, intorno a loro regnava la luce del sole, le melodie degli uccelli e i profumi dei fiori. Fino a quando non raggiunsero un lago in cui fermarono i cavalli per farli riposare . Cosi Eva disse ai suoi figli di spogliarsi e andare a fare il bagno nelle acque del lago, ma quando i figli di Lir raggiunsero la riva , Eva si nascose dietro di loro impugnando una bacchetta fatata.

Con la bacchetta toccò la spalla di ciascuno, ed ecco! mentre toccava Finola , la fanciulla si trasformò in un cigno bianco come la neve , ed ecco! mentre toccava Aed , Fiacra , e Conn i tre fratelli divennero simili a loro sorella. Ora quattro cigni candidi riposavano sul lago blu , e contro di loro la malvagia Eva intonò una nenia di sventura . Come ebbe finito , i cigni si rivolsero a lei , e Finola disse : "Il male tramite la tua bacchetta magica si è abbattuto su di noi, O Eva , su di noi i bambini di Lir , ma un male ben maggiore scenderà su di te , a causa della durezza e della gelosia del tuo cuore". E il petto di Finola si sollevò mentre cantava il loro destino impietoso .

Conclusa la canzone, la fanciulla-cigno parlò di nuovo: "dicci , o Eva , quando la morte ci libererà?". Ed Eva rispose: "per trecento anni la vostra casa sarà l' acqua di questo lago solitario. Per trecento anni abiterete le tumultuose acque del mare fra Erin e Alba , e per trecento anni rimarrete nel tempestoso e selvaggio Mare Occidentale. Fino a quando Decca sarà la regina di Largnen , e il buon Santo verrà a Erin , e voi sentirete il richiamo della campana di Cristo, né i tuoi pianti né le tue preghiere , né l' amore di tuo padre Lir , né la potenza del vostro Re, Bove Derg , avranno il potere di liberarvi dal vostro destino . Ma anche se siete dei cigni bianchi solitari - terrete per sempre la vostra dolce lingua gaelica , e canterete, con voci lamentose , in modo tanto incantevole che la vostra musica porterà pace nelle anime di coloro che ascoltano. Perché ancora sotto il vostro piumaggio nevoso batteranno i cuori di Finola, Aed,

Fiacra e Conn e ancora e per sempre sarete i figli di Lir". Poi Eva fece bardare i cavalli e se ne andò verso ovest. E sul lago rimasero a nuotare quattro solitari cigni bianchi . Quando Eva raggiunse il palazzo di Bove Derg da sola, egli si turbò molto per timore che fosse accaduto qualcosa di male ai figli di Lir.

Ma i paggi, a causa del timore di Eva , non osarono riferire al re della magia che ella aveva scagliato. Pertanto Bove chiese: "perché, o Eva , non sei venuta con Finola e i suoi fratelli a palazzo oggi?" Ed Eva rispose: "perché , o re , Lir non confida più in te, quindi non ha permesso ai bambini di venire qui". Ma Bove Derg non credette alla sua figlia adottiva , e quella notte segretamente inviò dei messaggeri attraverso le colline verso la dimora di Lir. Quando i messaggeri arrivarono lì, e raccontarono la loro versione, grande fu il dolore del padre. E la mattina seguente con il cuore pesante riunì una compagnia di Dedannans, e insieme partirono per il palazzo di Bove Derg. Non rallentarono fino al tramonto quando raggiunsero la riva del lago solitario Darvra. Lir scese dal suo carro e rimase incantato. Cos'era questo suono lamentoso? le dolci parole gaeliche della voce della sua cara figlia erano ancora più incantevoli di un tempo, eppure , intorno a lui vedeva , solo il solitario lago blu. La musica ossessionante risuonò più chiara, e mentre le ultime parole si spegnevano lontano, quattro cigni candidi scivolarono da dietro le carici, e con un selvaggio battito d'ali volarono verso la riva orientale. Lì, colmo di stupore si trovava Lir. "Sappi, o Lir" disse Finola "che siamo i tuoi figli, trasformati dalla magia malvagia della nostra matrigna in quattro cigni bianchi". Quando Lir e il popolo dei Dedan udirono queste parole , piansero ad alta voce. Ancora parlò la fanciulla-cigno: "trecento anni vivremo su questo lago solitario, trecento anni nella tempesta sulle acque tra Erin e Alba e trecento anni sul selvaggio Mare Occidentale . Fino a quando Decca sarà la regina di Largnen , fino a quando il buon Santo verrà a Erin e il richiamo della campana di cristo sarà ascoltato sulla terra , fino a quel momento non saremo salvati dal nostro destino".

Allora grandi grida di dolore salirono dai Dedannans , e di nuovo Lir singhiozzò ad alta voce. Ma poi il silenzio cadde sul suo dolore , e Finola raccontò come lei e i suoi fratelli avrebbero mantenuto per sempre la propria dolce lingua gaelica, come avrebbero cantato melodie in modo incantevole affinché la loro musica potesse recare pace alle anime di tutti coloro che la udivano. Disse anche, che, sotto il loro piumaggio nevoso , i cuori umani di Finola , Aed , Fiacra e Conn avrebbero continuato a battere, "resta con noi questa notte sul lago solitario" concluse "la nostra musica vi rapirà e le acque al chiaro di luna vi culleranno in sonni tranquilli. Rimani,

rimani con noi". Così Lir e la sua gente rimasero sulla riva quella notte e fino alla mattina. Poi, con l'alba fioca , il silenzio cadde sul lago. Rapidamente Lir disse addio ai suoi figli, per cercare Eva e farla tremare al suo cospetto.

Velocemente cavalcarono finché giunsero al palazzo di Bove Derg, e là vicino alle acque del grande Lago lo incontrò. "Oh, Lir , perché i tuoi figli non sono con te?". Triste suonò la risposta di Lir. "Ahimè! Eva , la tua figlia adottiva , con la sua magia malvagia li ha tramutati in quattro cigni bianchi come la neve. Sulle acque blu del Lago di Darvra dimorano ora Finola , Aed , Fiacra e Conn , e da là io vengo affinché possa vendicare il loro destino". Un silenzio come di morte cadde su di loro, ed Eva cominciò a tremare molto. E l'aspetto di Bove Derg divenne feroce e irato mentre alta sopra la figlia adottiva , impugnava il suo bastone magico.

Terribile era la sua voce mentre pronunciava la sua condanna. "Donna infida , d'ora in poi non oscurerai più questa fiera terra , ma come un demone dell'aria vivrai in miseria fino alla fine dei tempi". E d'un tratto dalle spalle di Eva crebbero nere ali d'ombra , e con un terribile urlo volò verso il cielo fino a quando i Dedannans non videro più nulla, salvo una macchiolina nera che svaniva tra le nuvole basse. E come un demone dell'aria le sue ali nere fecero volare Eva attraverso il cielo sino a oggi. Ma magnanimo e buono era Bove Derg. Egli mise da parte il suo bastone magico e così parlò: "oh mio popolo , lasciamo il Grande Lago , e posiamo le nostre tende sulle rive del Lago di Darvra.

Più di ogni altra cosa mi sono cari i figli di Lir , e io , Bove Derg e Lir, loro padre , promettiamo di vivere per sempre vicino alle acque solitarie dove essi dimorano". E quando sentirono della sorte dei i figli di Lir e del voto che Bove Derg aveva pronunciato da tutta l'isola verde di Erin, da nord , sud, est e ovest giunsero i Dedannans ad affollare il lago, fino a quando non costituirono un potente esercito sulle sue rive.

Cosi di giorno Finola e i suoi fratelli non conoscevano la solitudine , poiché con la loro dolce lingua gaelica raccontavano le loro gioie e paure ; e di notte i possenti Dedannans non conoscevano ricordi dolorosi , poiché da incantevoli canzoni erano cullati nel sonno, e la melodia portò la pace nelle loro anime.

Lentamente passarono gli anni , e sulle spalle di Bove Derg e Lir caddero lunghi capelli bianchi. Con timore crebbero i quattro cigni , poiché il momento del loro volo a nord verso il mare selvaggio di Moyle non era lontano. E quando finalmente il triste giorno arrivò , Finola disse ai suoi fratelli che i trecento anni felici sul lago Darvra erano finiti e che essi avrebbero dovuto lasciare la tranquillità delle sue acque solitarie per sempre . Allora, lentamente e tristemente , i quattro cigni scivolarono verso il margine del lago. Mai il candore del loro piumaggio aveva così abbagliato i presenti, mai musica così dolce e triste aleggiò sulle coste soleggiate del Lago di Darvra.

Quando i cigni raggiunsero la riva , i tre fratelli rimasero in silenzio, e solo Finola cantò una canzone d'addio . Con le teste chinate i Dedannan ascoltarono il canto di Finola e quando la musica cessò e solo i singhiozzi ruppero il silenzio , i quattro cigni spiegarono le loro ali , e si librarono in alto , ma per un breve momento si fermarono a guardare Lir e Bove Derg rimasti in ginocchio. Poi, allungarono i loro colli graziosi verso nord , e volarono sopra le acque del mare in tempesta che separa l'azzurra Alba dalla verde isola di Erin. E quando in tutta l'Isola Verde si venne a sapere che i quattro cigni bianchi se ne erano andati, il dolore delle persone fu tanto grande che venne creata una legge in cui si proibiva di uccidere i cigni da quel giorno in poi .

Con il cuore che ardeva di nostalgia per il padre e i loro amici , Finola e i suoi fratelli raggiunsero il mare di Moyle. Fredde e ghiacciate erano le sue acque invernali , nere e terribili le rocce scoscese a strapiombo.

Spesso soffrirono i morsi della fame e tutto intorno a loro sembrava ancora più buio, quando i figli di Lir ricordavano le acque del Lago Darvra e i Dedannan ospiti delle sue rive tranquille . Qui il sospiro del vento tra le canne non leniva più il loro dolore , mentre il rombo della risacca riempiva di terrore le loro anime. Nella miseria e nell'angoscia passarono i loro giorni, finché in una notte nera , le nuvole basse presagirono un'imminente tempesta.

Allora Finola chiamò Aed , Fiacra e Conn, con il cuore colmo di paura, ché nella furia della bufera venissero separati gli uni dagli altri. "Quindi, decidiamo dove incontrarci quando la tempesta sarà finita". E Aed rispose: "sei saggia , cara , dolce sorella. Se saremo separati potremo riunirci nuovamente sull'isola rocciosa che è stata molte volte il nostro rifugio , poiché la conosciamo bene e da lontano può essere vista." Sempre più buia diveniva la notte , più forte infuriava il vento , cosi i quattro cigni si tuffarono e riemersero sui flutti giganti.

Eppure ancora più agguerrito soffiò il vento, fino a mezzanotte raffiche forti si mescolarono con il ruggire del tuono, ma, nel bagliore blu dei lampi e dei fulmini, i figli di Lir videro ciascuno la forma nevosa degli altri. La furia folle del ciclone aumentò ancora, e la sua forza strappò un cigno dal suo nido e lo spazzò nel buio della notte tra i flutti. Un altro lampo blu e ogni cigno si rese conto di essere da solo, ed emise un grido di disperazione. Sballottati qua e là , dal vento e delle onde , gli uccelli bianchi erano pressoché morti quando giunse l'alba . E con l'alba la quiete. Quando le sue ali stanche riuscirono a sostenerla, Finola volò verso l'isola rocciosa , dove sperava di trovare i suoi fratelli. Ma, ahimè! di loro non c'era nessun segno. Allora volò verso la cima più alta delle rocce.

Guardò verso Nord, sud , est e ovest, ma non vedeva nulla salvo un deserto di acqua. Il suo cuore venne meno, cosi cantò la melodia più triste che conosceva. Mentre le ultime note si spegnevano

Finola alzò gli occhi , ed ecco! Conn nuotava lentamente verso di lei con il piumaggio inzuppato e la testa china.

E come guardò , ecco! Fiacra apparve, ma era ormai esausto. Allora Finola nuotò verso di lui per soccorrerlo, e presto i due gemelli furono alcuro sulla roccia illuminata dal sole, immersi nel calore sotto le ali della loro sorella.

Eppure il cuore di Finola batteva ancora ansioso mentre riparava i suoi più giovani vani telli , perché Aed non era ancora tornato, e temeva che si fosse perso per sempre . Ma , a mezzogiorno , egli fece ritorno sopra il seno delle acque blu , con la testa eretta e il piumaggio al sole. E sotto le sue piume Finola lo accolse, e insieme a Conn e Fiacra lo cullò sotto le sue ali . "Riposatevi qui, cari fratelli" disse e cantò per loro una ninna nanna così dolce che gli uccelli marini tacquero e accorsero per ascoltare la triste melodia. E quando Aed e Fiacra e Conn si addormentarono, le note di Finola divennero più deboli e la sua testa si abbassò, cosi anche lei si assopì pacificamente nella calda luce del sole . Ma pochi erano i giorni di sole sul mare di Moyle , e molte erano le tempeste che agitavano le sue acque.

Quando il gelo invernale divenne ancora più rigido la miseria dei quattro cigni bianchi crebbe più grande che mai. Persino le loro canzoni gaeliche più tristi non riuscirono a descrivere metà del loro guai. Cosi ancora cercarono rifugio dalla furia della tempesta sull'isola rocciosa. Lentamente passarono gli anni della sventura , fino a quando nel mezzo dell'inverno un gelo più acuto di qualsiasi altro conosciuto prima, congelò il mare in un pavimento di solido ghiaccio.

Di notte i cigni si accovacciavano insieme sull'isola rocciosa per riscaldarsi, ma ogni mattina si ritrovavano congelati e riuscivano a liberarsi tra grandi pianti, poiché le rocce ghiacciate strappavano le piume dalle loro ali bianche , e la pelle dai loro poveri piedi .

E quando il sole sciolse la superficie del ghiaccio delle acque , ed i cigni poterono nuotare ancora una volta nel mare di Moyle , l'acqua salata entrava nelle loro ferite, provocando forti dolori. Ma con il tempo le piume sul petto e sulle ali crebbero nuovamente, e le loro ferite guarirono. Gli anni passarono e di giorno Finola e i suoi fratelli potevano volare verso le coste dell'Isola Verde di Erin , o sui rocciosi promontori blu di Alba , oppure potevano nuotare lontano nel fioco deserto grigio di acqua.

Ma di notte il loro destino gli imponeva di tornare al mare di Moyle. Un giorno , mentre guardavano verso l'Isola Verde , videro venire verso la costa un drappello di cavalieri su cavalli bianchi come la neve, le loro armature scintillavano al sole. Un grido di gioia si udì dai figli di Lir , poiché non avevano visto più alcun essere umano da quando spiegarono le loro ali sopra il lago di Darvra , e volarono verso il mare in tempesta di Moyle. "Ditemi" disse Finola ai suoi fratelli , "ditemi se vi sembrano appartenere al popolo dei Dedannan". E Aed, Fiacra e Conn aguzzarono la vista, e

Aed rispose: "mi pare , cara sorella , che appartengano davvero al nostro popolo".

Mentre i cavalieri si avvicinavano videro i quattro cigni , e ogni uomo gridò in gaelico: "ecco i figli di Lir!" E quando Finola e i suoi fratelli sentirono ancora una volta la dolce lingua gaelica e videro i volti del loro popolo , furono grandemente felici. Per lungo tempo rimasero in silenzio, ma alla fine Finola parlò . Raccontò della loro vita sul mare di Moyle, delle piogge tristi e del vento impetuoso, delle onde giganti e del tuono ruggente , del nero gelo e dei loro poveri corpi malconci e feriti. Della solitudine della loro anima. "Ma diteci" continuò "diteci di nostro padre , Lir. Vive egli ancora? e Bove Derg , e i nostri amici Dedannan?" Taciturni divennero i Dedannans a causa del dolore che nutrivano per Finola e i suoi fratelli , ma dissero che Lir e Bove Derg erano ancora vivi e vegeti , e stavano ora celebrando una festa a casa di Lir. Soddisfatti allora furono i cuori di Finola e dei suoi fratelli. Ma non potevano attardarsi ancora, poiché dovevano volare dalle piacevoli rive di Erin al mare di Moyle , secondo il loro destino. E mentre volavano , Finola cantava e debole aleggiava la sua voce al di sopra dell'esercito. Più le note della melodia divenivano deboli, più i Dedannans piangevano ad alta voce. Poi , quando i candidi uccelli sbiadirono dalla vista , la compagnia volse la testa dei loro destrieri bianchi dalla riva e cavalcarono verso sud a casa di Lir. E quando riferirono della sofferenza di Finola e dei suoi fratelli , grande fu il dolore dei Dedannans.

Eppure Lir era contento che i suoi figli fossero ancora vivi e pensò al giorno in cui la magia sarebbe finalmente cessata e i suoi cari sarebbero stati liberi. Ancora una volta si conclusero i trecento anni di sventura e i quattro cigni bianchi furono contenti di lasciare il mare crudele di Moyle.

Eppure essi potevano volare solo verso il selvaggio Mare Occidentale, in cui si abbattevano violente tempeste come prima , e qui in nessun modo sarebbero sfuggiti alla furia spietata del vento e delle onde. Un gelo peggiore di qualunque altra cosa che avevano subito prima spinse i fratelli alla disperazione. Congelati a una roccia, una notte gridarono ad alta voce a Finola che essi desideravano la morte. E anche lei, in cuor suo nutriva un simile desiderio. Ma quella stessa notte un sogno venne alla fanciulla-cigno , e quando si svegliò , gridò ai suoi fratelli di rincuorarsi. "Confidate, cari fratelli , nel grande Dio, che ha creato la terra con i suoi frutti e il mare con le sue meraviglie terribili. Confidate in Lui ed Egli ci risparmierà. Cosi i suoi fratelli risposero "allora confideremo." E Finola ripose la sua fiducia in Dio e tutti caddero in un profondo sonno. Quando i figli di Lir si svegliarono , ecco! il sole splendeva , e per tutti i trecento anni sul Mare Occidentale, né vento, né onda, né pioggia, né gelo fecero mai del male ai quattro cigni. Su un'isola erbosa vissero e cantarono le loro melodie meravigliose di giorno, di notte si riposavano insieme sull'erba morbida e si svegliavano la mattina con il sole e la pace. E lì sull'isola erbosa dimorarono, fino a che i trecento anni non finirono.

Allora Finola chiamò i fratelli e tremante disse che era giunta l'ora di volare verso est, verso la propria vecchia casa. Leggiadramente spiegarono le ali e rapidamente volarono fino a raggiungere la terra.

Qui si posarono e si guardarono l'un con l'altro, ma troppo grande era la loro gioia per poter parlare. Poi di nuovo volarono sopra l'erba verde su e ancora più su, fino a raggiungere le colline e gli alberi che circondavano la loro vecchia casa. Ma, ahimè! videro solo i ruderi della dimora di Lir. Intorno solo un deserto coperto di erbacce e ortiche. Troppo abbattuti per volare, i cigni dormirono quella notte all'interno delle rovine tra le pareti della loro vecchia casa, ma, quando giunse il nuovo giorno nessuno, poteva più sopportare quella solitudine e ancora una volta volarono verso ovest. E non si fermarono fino a quando non arrivarono a Inis Glora. Su un piccolo lago , nel cuore dell'isola costruirono la loro casa e con la loro musica incantevole , attirarono sulle sue rive tutti gli uccelli dell'ovest , così il lago venne chiamato "Il lago dei mille uccelli". Lentamente passarono gli anni , e una grande nostalgia riempì i cuori dei figli di Lir.

Quando il buon Santo sarebbe venuto a Erin ? Quando si sarebbe udito il suono della campana di Cristo per terra e per mare ? Una rosea aurora i cigni si svegliarono tra i giunchi del lago dei mille uccelli e udirono uno strano suono lontano.

Tremando, si avvicinarono l' uno all'altro , fino a quando i fratelli volarono via per la paura.

Eppure tremando ritornarono dalla loro sorella, che era rimasta in silenzio tra i carici. Accovacciati al suo fianco chiesero: "che cosa , cara sorella , può essere lo strano suono che si ode in tutta la nostra isola?" Con calma, e profonda gioia Finola rispose: "cari fratelli, è la campana del cristo ciò che voi ascoltate , la campana , di cui abbiamo sognato per tre volte trecento anni. Presto l'incantesimo sarà rotto , presto le nostre sofferenze finiranno". Allora Finola scivolò dal riparo dei carici sul lago rosa acceso e là sulla riva del Mare Occidentale cantò una canzone di speranza. La pace si insinuò nei cuori dei fratelli mentre Finola cantava e come lei cessò, ancora una volta la campana risuonò per tutta l'isola. Non più crebbe il terrore nei cuori dei figli di Lir , ma in una grande pace affondarono le loro anime . Poi , quando l'ultimo rintocco finì, Finola disse: "cantiamo una melodia per il grande Re del Cielo e della Terra". Lontano viaggiò la loro dolce melodia, lontano attraverso Inis Glora , fino a raggiungere il buon San Kemoc , le cui preghiere fecero risuonare la campana di Cristo.

E lui, pieno di meraviglia per la dolcezza di quella musica , si alzò ammutolito, ma quando gli venne rivelato che le voci che udiva erano le voci di Finola, Aed, Fiacra e Conn, che ringraziavano l'Alto Dio per il suono della campana di Cristo, si inginocchiò e rese grazie , poiché era giunto sino a Inis Glora proprio per cercare i figli di Lir.

Nel fulgore del mezzogiorno , Kemoc raggiunse la riva del laghetto , e vide quattro cigni bianchi che scivolavano sulle sue acque. Cosi senza bisogno di chiedere se fossero i figli di Lir rese grazie all'Alto Dio che lo aveva portato sino qua . Poi solennemente il buon Kemoc disse ai cigni: "venite subito a terra e riponete la vostra fiducia in me, poiché è in questo luogo che sarete liberati dal vostro sortilegio". A queste parole i quattro cigni bianchi gioirono , e si posero sotto la protezione del Santo.

E lui li condusse alla sua cella , e abitarono con lui. E Kemoc inviò a Erin un sapiente fabbro e ordinò di forgiare due catene sottili di argento scintillante. Finola e Aed vennero uniti con una catena d'argento , e con l'altra legò Fiacra e Conn. Mentre i figli di Lir dimorarono con il santo Kemoc , egli li educò alla meravigliosa storia di Cristo che lui e San Patrizio avevano recato sull'isola verde. E la storia allietò talmente i loro cuori che dimenticarono la miseria delle loro sofferenze passate, e vissero cosi, felicemente con il Santo. Ed essi erano molto cari a lui, cari come se fossero stati i suoi stessi figli.

Tre volte trecento anni erano passati da quando Eva sancì il destino dei figli di Lir. "Fino a quando Decca sarà la regina di Largnen , fino a quando il buon Santo verrà a Erin , e voi ascolterete la campana del Cristo, sarete condannati al vostro

triste destino." Il buon Santo era infatti giunto, e le dolci note della
campana del Cristo erano state ascoltate , e la fiera Decca ora era la
regina di re Largnen. Presto giunse alle orecchie di Decca la storia
della fanciulla-cigno e dei suoi tre fratelli. Strane storie sulle loro
affascinanti melodie e sulla crudeltà delle loro miserie. Allora
pregò il marito , il Re , di andare da Kemoc e portarle questi uccelli
umani. Ma Largnen non voleva chiedere a Kemoc di dargli i suoi
cigni , e cosi non andò. Allora Decca si arrabbiò , e giurò che non
avrebbe più vissuto con Largnen , fino a quando non avrebbe
portato i cigni a palazzo. E quella stessa notte ella partì verso il
regno di suo padre , nel sud. Tuttavia Largnen amava Decca , e
grande era il suo dolore quando sentì che lei era fuggita , cosi
ordinò ai messaggeri di raggiungerla e di dirle che avrebbe preso i
cigni bianchi se fosse tornata.

Pertanto Decca ritornò al palazzo , e Largnen inviò un
messaggero da Kemoc a mendicare da lui i quattro cigni bianchi.
Ma il messaggero ritornò senza gli uccelli . Allora Largnen si adirò
, e partì egli stesso per la cella di Kemoc. Cosi trovò il Santo nella
chiesetta e davanti all'altare c'erano i quattro cigni bianchi. È vero
che hai rifiutato di donare questi uccelli alla regina Decca?" chiese
il re. È vero" rispose Kemoc . Allora Largnen si adirò più di prima,
prese la catena d'argento di Finola e Aed con una mano , e la catena
di Fiacra e Conn con l'altra, e trascinò gli uccelli giù dall'altare e
per il corridoio , deciso a lasciare la chiesa. E colmo di paura il
santo lo seguì. Ma ecco! quando raggiunsero la porta , le piume

candide dei quattro cigni caddero a terra , ed i figli di Lir furono liberati dal loro destino.

Poiché non era forse Decca la sposa di Largnen , e il buon Santo non era giunto? e non avevano udito la campana del cristo? Ma invecchiati e deboli erano i figli di Lir. Rugosi erano i loro volti fieri e piegati i loro piccoli corpi bianchi . A una tale vista Largnen , spaventato , fuggì dalla chiesa , e il buon Kemoc esclamò ad alta voce: "guai a te, o re!" Poi i figli di Lir si rivolsero al Santo , e Finola disse: "battezzaci ora , te ne preghiamo , perché la nostra morte è vicina. Pesante è il nostro cuore dal dolore di doverci separare da te, sapendo che dovrai vivere in solitudine i tuoi giorni sulla terra.

Ma tale è la volontà dell'Altissimo. Qui puoi scavare le nostre tombe e seppellire i nostri quattro corpi. Conn in piedi alla mia destra , Fiacra alla mia sinistra , e Aed davanti a me , perché così ho riparato i miei cari fratelli per tre volte trecento anni sotto le ali." Allora il buon Kemoc battezzò i figli di Lir e successivamente il Santo alzò lo sguardo ed ecco! egli ebbe la visione di quattro bei bambini con ali argentee, radiosi come il sole; e mentre guardava essi volavano sempre più in alto, fino a quando non si persero nella nebbia blu. Allora il buon Kemoc fu contento , perché sapeva che erano andati in Paradiso.

Ma , quando guardò in basso, vide quattro corpi giacere presso la porta della chiesa e Kemoc pianse incessantemente. Allora il

Santo ordinò di scavare una vasta tomba vicina alla piccola chiesa e qui furono sepolti i figli di Lir. Conn in piedi, a destra di Finola e Fiacra alla sua sinistra e davanti Aed.

E l'erba cresceva verde sopra di loro e una lapide bianca portava i loro nomi e sulla tomba aleggiava mattina e sera la dolce melodia della campana di cristo.

Le Tre Principesse Nella Montagna

C'erano una volta un re e una regina che non avevano figlioli, e per questo se la prendevano tanto che non avevano quasi mai un momento felice. Un giorno il re se ne stava sulla loggia e spaziava con lo sguardo su tutti i suoi campi e tutte le sue proprietà. Ne aveva a sufficienza e più che a sufficienza, ma gli sembrava di non poterne ricavare nessuna gioia, perché dopo di lui non sapeva cosa sarebbe avvenuto di esse. Mentre stava lì tutto pensieroso venne una povera vecchia che andava intorno chiedendo l'elemosina per amor di Dio. La vecchietta salutò, fece un inchino e poi chiese al re perché aveva quell'aria così sconsolata.

- Tu, vecchia mia, non puoi farci nulla, - rispose il re, - anche se te lo dico non serve a niente.

- Forse sì invece, - disse la vecchia mendicante, - a volte basta poco, se la fortuna aiuta. Vostra Maestà pensa che non ha un erede delle sue terre e della corona, ma non deve preoccuparsi per questo, - continuò, - da sua moglie avrà ben tre figlie, dovrà però star attento che non escano all'aria aperta prima di compiere i quindici anni; altrimenti arriverà un fiocco di neve che se le porterà via.

Venuto il tempo, la regina si mise a letto ed ebbe una bella bambina; l'anno dopo avvenne lo stesso, e il terzo anno anche. Il re e la regina erano al colmo della felicità, ma nella sua gioia il re non dimenticò di mettere una sentinella davanti alla porta, perché le principesse non riuscissero a sgattaiolar fuori.

Crescendo, le figlie del re diventarono belle e buone, e stavano bene in tutto e per tutto. Solo non potevano andar fuori a giocare come gli altri bambini; per quanto pregassero e ripregassero i genitori e per quanto seccassero la sentinella con lamentele, non servì a niente: fuori di casa non avrebbero dovuto uscire, fino a che non avessero compiuto tutte e tre i quindici anni.

Non mancava molto al quindicesimo compleanno della più giovane delle principesse. Il re e la regina erano fuori, se la scarrozzavano al sole e all'aria aperta, mentre le principessine stavano a guardare dalla finestra. Il sole brillava, e tutto era così verde e così bello che decisero di uscire ad ogni costo - accadesse poi quel che doveva accadere. Insistettero allora tutte e tre con la sentinella, fecero ogni sorta di moine, la pregarono di lasciarle uscire in giardino: poteva vedere anche lui che bel tempo era, e come era caldo; in una giornata così era impossibile che venisse la neve. Anche a lui non sembrava davvero che ci fosse aria di brutto tempo; se proprio dovevano e volevano uscire che uscissero pure, disse, ma solo per un momentino; sarebbe andato con loro, e avrebbe fatto buona guardia.

Arrivate che furono in giardino corsero in su e in giù e colsero tanto verde e tanti fiori - i più belli che vedevano - fino a riempirsene il grembo. Alla fine non ce la facevano a portarne di più, ma proprio mentre stavano per tornare in casa adocchiarono una grande rosa che spiccava lontana, dall'altra parte del giardino. Era molto più bella di tutto quello che avevano colto: dovevano averla a tutti i costi. Ma mentre stavano chinandosi per prendere la rosa, venne un enorme fiocco di neve, fitto fitto, e sparirono.

Per tutto il paese si diffuse un gran cordoglio, e il re fece leggere un bando davanti a tutte le chiese annunciando che chi fosse riuscito a liberare le principesse avrebbe avuto la metà del regno, la sua corona d'oro, e avrebbe potuto sposare quella che voleva delle tre. Di gente che desiderava guadagnarsi la metà del regno e una principessa per soprammercato ce ne fu parecchia, possiamo bene immaginarcelo; partirono così alla ricerca per tutte le parti del paese persone di alta e bassa condizione; nessuno riuscì però a trovare le figlie del re; e nemmeno ad averne il minimo sentore.

Quando tutte le persone più in vista e più distinte del paese erano già andate in cerca delle principesse, ci furono un capitano e un tenente che pensarono di andar loro a tentar la sorte. Il re li rifornì abbondantemente di oro e di argento, e inoltre augurò buona fortuna per il viaggio. C'era poi un soldato che abitava insieme a sua madre in una capanna, non lontano dalla reggia. Una notte sognò che doveva andare anche lui a cercare le principesse. La mattina si rammentava ancora quello che aveva sognato, e ne parlò alla madre. - Il tuo sogno può essere benissimo opera dei troll, - gli disse la vecchia. - Devi sognare la stessa cosa per tre notti di seguito, altrimenti non vale. Ma le notti seguenti fu lo stesso: il sogno ritornò uguale per due volte: così pensò che doveva andare.

Allora si lavò, indossò la divisa, ed eccolo nella cucina della reggia: gli altri due erano partiti giusto il giorno avanti.

- Torna a casa, - gli disse il sovrano, - le principesse stanno troppo in alto per te. E poi ho tirato già fuori tanto denaro per le spese di viaggio che per oggi non me ne resta più. È meglio che tu torni un altro giorno.

- Se devo andare, voglio andare oggi, - dichiarò il soldato, - di denaro per le spese di viaggio non ne ho bisogno, non voglio aver altro che un po' di grappa nella borraccia e da mangiare nella bisaccia, - disse. Un bel sacco di provviste però dovevano darglielo, tanta carne e tanto lardo quanto ne poteva portare.

Se non voleva altro, quello glielo avrebbero dato. Così si mise in cammino, e non ebbe fatto molte miglia che raggiunse il capitano e il tenente.

- Dove vai? - gli chiese il capitano vedendolo in divisa.

- Devo andare a vedere se mi riesce di trovare le figlie del re, - rispose il soldato.

- Anche noi, - disse il capitano, - dato che dobbiamo fare la stessa cosa possiamo andare insieme: se infatti non le troviamo noi, non sarai certo tu a trovarle, ragazzo mio! - esclamò. Quando ebbero camminato per un po' insieme, il soldato si allontanò dalla strada maestra e prese un sentierino che menava nel bosco.

- Ma dove vuoi andare! - gli gridò il capitano, - è meglio seguire la strada grande, - dichiarò.

- Può darsi, - rispose il soldato, - ma io vado per di qua.

Lui continuò per la sua strada, e visto così gli altri tornarono indietro e andarono per di là anche loro. La strada li condusse lontano lontano e ancora più in là, per grandi pianure boscose e strette valli solitarie. Alla fine si fece un po' più chiaro, e quando furono del tutto fuori del bosco c'era una passerella lunga lunga, e sulla passerella montava la guardia un orso: l'animale si rizzò sulle due zampe posteriori e venne loro incontro come se volesse divorarli.

- E adesso che si fa? - domandò il capitano.

- Dicono che gli orsi vanno matti per la carne, - rispose il soldato gettando all'animale un quarto di bue.

E così se la cavarono. Ma all'altro capo della passerella c'era un leone; l'animale ruggì e venne loro incontro con le fauci spalancate come se volesse ingoiarli.

– Adesso è meglio che facciamo dietro front e torniamo a casa, - propose il capi- tano, - di qui non riusciremo mai a passare vivi.

- Oh, anche quello in fondo non è poi tanto pericoloso, - disse il soldato, - ho sentito dire che i leoni vanno matti per la carne di maiale, e nella bisaccia ho un mezzo maiale -. Poi gettò un prosciutto intero al leone, che si mise a mangiare e a sgranocchiare, e così se la cavarono anche questa volta.

La sera giunsero a una grande fattoria, sfolgorante di luci. Una stanza era più bella dell'altra, e dovunque guardavano qualcosa splendeva e brillava. Ma per la pancia tutto quello splendore non serviva a nulla, questo è certo. Il capitano e il tenente andarono in giro facendo tintinnare il loro denaro, e avrebbero volentieri comprato qualcosa da mangiare, ma non videro anima viva, e neppure trovarono qualcosa da metter sotto i denti. Allora il soldato offrì la carne e la pancetta che aveva messo nella bisaccia. Essi non si mostrarono superbi e non si fecero pregare a lungo, ma presero quello che aveva, come se non avessero mai mangiato in vita loro.

Il giorno dopo, il capitano disse che dovevano andare a caccia per procurarsi da vivere. Vicino alla fattoria c'era una grande foresta, piena di lepri e di uccelli. Il tenente dovette restare a badare alla casa e a cuocere quel che era rimasto delle provviste. Gli altri due intanto spararono a più non posso, e riuscirono a stento a portare a casa tutto quello che avevano preso. Ma quando arrivarono a casa il tenente era così mal ridotto che quasi non riusciva ad aprir la porta.

- Ma che cosa ti è successo? - chiese il capitano. Appena se ne erano andati, raccontò, era arrivato un vecchiettino con una barba lunga lunga che camminava con le stampelle, e gli aveva chiesto con garbo un soldo di elemosina. Non appena lo aveva avuto, però, lo aveva lasciato cadere per terra, e per quanto frugasse dappertutto non era riuscito a trovarlo, vecchio e cadente com'era. - Io ebbi compassione di quel povero vecchio, - raccontò il tenente, - e mi chinai per raccogliere il soldo, ma subito quello non fu più cadente e pieno di acciacchi, e cominciò ad adoperare le sue stampelle su di me, sino a che mi conciò in modo tale che non riuscivo più a muovere né braccia né gambe.

- Dovresti vergognarti, tu, un ufficiale del re, di esserti lasciato bastonare di santa ragione da un vecchio cadente, - esclamò il capitano, - e poi lo racconti anche. Ohibò! Domani resterò a casa io, così se ne sentiranno di ben altre!

Il giorno dopo il tenente e il soldato andarono a caccia e il capitano restò a casa per far da mangiare e sbrigare le altre faccende. Ma se non gli andò peggio non gli andò neppure meglio. Sul tardi arrivò il vecchio a chiedere un soldo di elemosina. Non appena lo ebbe avuto lo lasciò subito cadere: era sparito, non c'era più. Allora chiese aiuto al capitano, e quello non trovò niente di meglio che chinarsi per cercarlo.

Non aveva ancora finito di chinarsi che il vecchio si mise a pestarlo con le stampelle, e ogni volta che il capitano cercava di tirarsi su per picchiarlo a sua volta, si prendeva una legnata da veder le stelle. Quando gli altri tornarono a casa, la sera, lo trovarono lungo disteso allo stesso posto, che non riusciva ad aprire né gli occhi né la bocca.

Il terzo giorno dovette restar a casa il soldato, mentre gli altri due andavano a caccia. Il capitano gli disse di stare ben attento: - Perché se no il vecchio ti ammazza certo di botte, - gli disse. - La mia vita dovrebbe esser appesa a un filo ben sottile per lasciarmela portar via da un vecchio cadente come quello! - dichiarò il soldato.

Non erano ancora fuori dalla porta che arrivò il vecchietto a chiedere un'altra volta un soldo di elemosina.

- Di soldi non ne ho mai avuti, - disse il soldato, - ma quando sarà pronto avrai da mangiare; se dobbiamo far fuoco però dovrai prima tagliar la legna, - aggiunse.

- Io non lo so fare, - rispose il vecchio. - Se non lo sai fare imparerai, - dichiarò il soldato, - è presto fatto, vieni con me giù in legnaia.

Allora tirò fuori un grosso ceppo, vi fece una spaccatura, e vi piantò dentro un cuneo per allargarla e approfondirla.

- Adesso devi chinarti e fissare attentamente la spaccatura, così imparerai presto come si spacca la legna, - disse il soldato, - intanto io penserò a battere e a pestare.

Il vecchio non fu abbastanza furbo da non fare quello che gli era stato detto: si chinò e si mise a guardare fisso fisso il ceppo. Quando il soldato vide che la barba era ben entrata nella spaccatura tolse con un sol colpo il cuneo e pestò di santa ragione il vecchio con il manico dell'ascia, poi, agitandogli l'ascia sulla testa giurò che gli avrebbe spaccato in due il cranio se non gli avesse detto lì per lì dove si trovavano le figlie del re.

- Risparmiami la vita! Risparmiami la vita e te lo dirò! - gridò il vecchio. - A est della fattoria c'è una grande collina, - proseguì, - lassù in cima dovrai togliere una zolla quadrata: allora vedrai un pesante lastrone di pietra, e sotto c'è una buca profonda. Dovrai calarti lì dentro fino a che arriverai in un altro mondo: lì abitano le principesse, presso i troll delle montagne. Ma nel calarti giù troverai il buio, e andrai attraverso l'acqua e attraverso il fuoco.

Saputo questo e quant'altro voleva, il soldato con un colpo solo liberò il vecchio dalla trappola; e quello non perse tempo in convenevoli.

Tornati a casa, il capitano e il tenente furono molto stupiti di trovare il soldato vivo. Questi raccontò allora per filo e per segno come era andata, disse dove si trovavano le figlie del re e come avrebbero potuto ritrovarle. I due si rallegrarono come se le avessero già liberate, e dopo essersi rifocillati presero con sé un canestro e tutte le corde e cordicelle che poterono trovare, e poi andarono tutti e tre sulla collina. Per prima cosa tolsero una zolla di terreno, come aveva detto il vecchio, e sotto trovarono un grosso lastrone pesante, ma non tanto pesante che non potessero rivoltarlo. Dovettero poi misurare quanto ci voleva per giungere fino al fondo. Prova e riprova, annodarono corda su corda per due o tre volte, ma non riuscirono a nulla. Alla fine giuntarono insieme tutto quello che avevano, corde grosse e cordicelle sottili, e allora finalmente sentirono di toccare il fondo. Il capitano, naturalmente, volle andare per primo: - Ma quando tiro la corda dovete spicciarvi a tirarmi su, - ordinò. Là in fondo c'era un gran buio, era veramente orribile, ma egli pensò che avrebbe potuto tener duro, solo che le cose non fossero andate peggio. Ma ecco che all'improvviso si sentì intorno alle orecchie degli schizzi d'acqua fredda, e allora si spaventò da morire, e diede uno strappone alla corda. Volle poi tentar la sorte il tenente, ma anche a lui non andò molto meglio. Riuscì, sì, a passare attraverso tutta quell'acqua, ma quando vide sotto di sé una fiammata luminosa fu preso dal terrore, e dovette far dietro front anche lui.

Alla fine si calò il soldato: lui riuscì a passare attraverso l'acqua e attraverso tutto quel caldo sino a che arrivò al fondo. Laggiù era nero come la pece, tanto che non si vedeva a un palmo dal naso. Non si attentò neppure a lasciare andare il canestro, ma continuò a girare su sé stesso a tentoni. Poi gli cadde l'occhio su di un piccolo lumicino lontano lontano, quasi che albeggiasse, e allora si diresse verso di quello. Quando fu avanzato per un po' cominciò a lampeggiargli tutt'intorno, e non passò molto tempo che vide correre per il cielo un sole d'oro, e tutto diventò chiaro e luminoso come nel mondo vero. Dapprima raggiunse un grosso armento di mucche così grasse che luccicavano, e quando lo ebbe oltrepassato giunse a un grande castello rilucente. Prima di incontrare qualcuno attraversò molte stanze.

Alla fine sentì il ronzio di un filatoio, e una volta entrato ecco li la figlia maggiore del re che stava seduta a fi- lare del filo di rame: tanto la camera che tutto il resto erano di rame rilucente.

- Ma guarda! Da quando in qua dei cristiani arrivano fin qui? - esclamò la principessa. - Disgraziato! E che cosa vuoi?

- Ti voglio liberare e portar via dalla montagna, - rispose il soldato. - Caro mio, vattene! Se torna a casa il troll ti accoppa in un momento. Ha tre teste, - aggiunse.

- Per me può averne anche quattro, - rispose il soldato. - Adesso che son qui ci resto. - Va bene, se proprio sei così ostinato dovrò ben cercare di aiutarti, - disse la principessa. Poi gli consigliò di nascondersi dietro il calderone per fare la birra che stava nell'ingresso: lei intanto avrebbe ricevuto il troll e lo avrebbe spidocchiato fino a farlo addormentare: - Ma quando verrò fuori a chiamar le galline perché vengano a mangiare tutto quello che è caduto dalla sua testa, devi spicciarti a venire, - gli raccomandò. - Prima però va' un po' fuori, e guarda se ti riesce di sollevare la spada che sta sul tavolo.

Ma la spada era troppo pesante; non gli riuscì neppure di smuoverla. Allora per rinforzarsi dovette bere una sorsata dal corno che era appeso dietro la porta del corridoio, e così poté sollevarla un pochino; dopo un'altra sorsata fu capace di tirarla su, e allora si prese una terza sorsata bella grossa e infine riuscì a brandirla come se niente fosse. All'improvviso arrivò il troll, come una ventata, e fece tremare tutto il castello.

- Acci acci! Qui c'è odor di cristianacci! - esclamò.

- Si, parecchio tempo fa è volato qui un corvo, - rispose la principessa, - aveva nel becco un osso umano e lo ha lasciato cader giù dalla cappa del camino: io l'ho subito buttato via e ho anche spazzato un bel po' per mandar via l'odore, ma si sente ancora.

- Lo sento si, - disse il troll.

- Ma vieni qui, ti spidocchierò un pochino, - propose la principessa, - così quando ti svegli forse andrà meglio. Il troll acconsentì subito e non passò molto tempo che dormiva tanto sodo che russava. Quando lei si accorse che era addormentato gli mise sotto le teste delle sedie con i cuscinoni di piuma e andò a chiamare le galline. Allora il soldato sgusciò dentro di soppiatto con la spada in mano e gli tagliò tutte e tre le teste con un colpo solo.

La principessa era felice come un fringuello, e lo accompagnò dalle sue sorelle perché potesse liberare anche loro e farle uscire dalla montagna. Prima attraversarono un cortile e poi passarono attraverso una quantità di stanze lunghissime fino a che giunsero a una grande porta. - Puoi entrare, - disse la principessa. - È qui.

Aperta la porta, ecco lì un grande salone, dove tutto era di puro argento: nel mezzo era seduta la mezzana delle principesse e stava filando con un filatoio d'argento.

- Disgraziato! - esclamò. - Che cosa vuoi qui?

- Liberarti dal troll, - rispose il soldato.

- Caro mio, vattene subito, - disse la principessa, - se ti trova qui, ti accoppa in un battibaleno!

- È possibile, - rispose il soldato, - a meno che non lo accoppi prima io!

- E va bene, - continuò lei, - se proprio lo vuoi, puoi rimpiattarti dietro il calderone nell'ingresso. Ma devi spicciarti a venire appena sentì che chiamo le galline.

Prima però il soldato dovette vedere se poteva sollevare la spada del troll che stava sulla tavola; questa era molto più grande e molto più pesante della prima, e fu appena appena capace di smuoverla. Dopo aver bevuto tre sorsate dal corno riuscì a sollevarla, e dopo altre tre cominciò ad agitarla come se fosse la pala per il pane.

Dopo un po' si sentì un rumore, un fracasso da far paura, e subito entrò un troll con sei teste.

- Acci acci, - esclamò appena messi tutti i suoi nasi dentro la porta, - qui c'è odor di cristianacci!

- Ma si, pensa un po', poco fa è volato qui un corvo con un femore nel becco, e lo ha fatto cadere giù attraverso la cappa del camino, - rispose la principessa. - Io l'ho gettato subito fuori, ma quello lo ha rigettato dentro. Alla fine sono riuscita a liberarmene e ho anche fatto delle fumate per mandar via l'odore, ma non se ne è andato lo stesso tanto presto, - aggiunse.

- No, lo sento ancora, - rispose il troll.

Ma era stanco e appoggiò le sue teste in grembo alla principessa; lei le spidocchiò sino a che si misero a russare tutte quante, allora chiamò le galline, e così venne il soldato e gli tagliò tutte e sei le teste, come se fossero state su gambi di cavolo.

La seconda principessa non fu meno contenta della prima, possiamo immaginarlo, ma mentre stavano danzando e cantando, sul più bello, si ricordarono della sorella minore, e così accompagnarono il soldato attraverso un grande cortile e attraverso tante, tante stanze sino a che giunsero nel salone d'oro, dalla terza principessa.

Stava seduta, filando con un filatoio d'oro, e dal pavimento al soffitto era tutto un luccichio, da far male agli occhi.

- Disgraziato te e disgraziata me! E che cosa vuoi qui? - chiese la principessa che stava seduta li. - Va' via, va' via, altrimenti ci ammazza tutti e due.

- Può essere due e può essere uno, - rispose il soldato.

La principessa pianse e pregò, ma non servì a nulla: quello voleva restare, dove- va restare. Bene, se non c'era niente da fare provasse allora a brandire la spada del troll posata sulla tavola nell'ingresso. Ma fu appena appena capace di smuoverla: era molto più grande e più pesante delle altre due, quella spada li. Allora dovette tirar giù dalla parete il corno e prendere tre sorsate, ma anche così riuscì appena a sollevare un po' la spada: dopo aver bevuto altre tre sorsate poté tirarla su, e dopo altre tre la agitò facilmente, come se fosse una piuma. Allora la principessa prese con il soldato gli stessi accordi delle altre due: quando il troll si fosse addormentato lei avrebbe chiamato dentro le galline, e allora lui avrebbe dovuto esser svelto svelto, entrare e accopparlo.

Sul più bello si sentì un rombo e uno strepito, come se le pareti e il tetto dovessero crollare.

- Acci acci! Qui c'è odor di cristianacci! - esclamò il troll annusando con tutti i suoi nove nasi.

- Ma sì, certo non hai mai veduto una cosa del genere; poco fa volò fin qui un corvo che lasciò cadere un osso umano attraverso la cappa del camino: io lo gettai subito fuori, ma quello lo rigettò dentro, e continuammo così un bel po' avanti e indietro, - disse la principessa. Alla fine, concluse, era riuscita a seppellirlo, e poi aveva spazzato per bene e fatto fumate, ma un po' dell'odore restava sempre.

- Si, lo sento bene, - disse il troll.

- Vieni qui a riposare sul mio grembo, io ti spidocchierò per benino, così forse quando avrai dormito tutto andrà bene. Lui fece così, e quando si mise a russare a più non posso la ragazza gli mise sotto le teste sgabelli e cuscini di piuma, così si poté muovere, e cominciò a chiamare le galline. Allora il soldato balzò in piedi e calò un tal colpo sul troll che otto teste ruzzolarono giù, tutte in una volta: la spada era troppo corta per arrivare più in là.

La nona testa allora si svegliò e cominciò a urlare: - Acci acci, sento odor di cristianacci!

- Si, eccolo qui il cristiano, - rispose il soldato, e prima che il troll riuscisse ad alzarsi e potesse afferrare qualcosa il giovane calò un secondo colpo, e così anche l'ultima testa ruzzolò giù.

Allora sì che le principesse poterono esser felici, poiché non erano più costrette a restar lì a spidocchiare tutte le teste dei troll: non sapevano nemmeno loro cosa fare per il loro liberatore: la più giovane si tolse allora l'anello d'oro e glielo legò nei capelli. Poi raccolsero tanto oro e tanto argento quanto pensavano di poterne portare e si incamminarono per ritornare a casa.

Non appena scossero la corda, il capitano e il tenente tirarono su le principesse, una dopo l'altra. Non appena furono arrivate in cima, il soldato pensò che era stato ben stupido a non sedersi lui per primo nel cesto, per farsi tirar su prima delle principesse: dei suoi compagni non si fidava che fino a un certo punto. Per metterli alla prova mise nel cesto un grosso pezzo d'oro, e poi si mise da una parte. Quelli lo tirarono su fino a metà, e poi tagliarono la corda, e così il cesto precipitò dentro alla montagna, e i pezzi gli schizzarono sul viso. - Adesso ce lo siamo levato di torno, - dissero quelli. Poi minacciarono di morte le principesse se non avessero dichiarato che erano stati loro a liberarle dai troll. Quelle non volevano saperne, specialmente la più giovane, ma perder la vita è duro, e così con la forza i due ottennero quel che volevano.

Quando dunque il capitano e il tenente tornarono a casa con le principesse, alla reggia si fece gran festa. Il re era così felice che non sapeva su quale piede stare; tirò fuori dall'armadio la migliore bottiglia di vino che aveva e versò da bere ai due in segno di benvenuto: se prima non erano stati trattati con tutti gli onori, lo furono ora, potete crederlo. E quelli andavano in giro tutto il santo giorno, facendo la ruota, come gran signori: adesso avrebbero avuto per suocero il re in persona, era chiaro; si sarebbero presa una principessa per ciascuno, a scelta, e si sarebbero divisa la metà del regno. Tutti e due avrebbero voluto la più giovane delle principesse, ma per quanto la pregassero e la minacciassero non servì a nulla: lei non ne volle sapere. Allora parlarono con il re, e gli chiesero di poterle mettere in- torno dodici uomini di guardia: da quando era stata dentro la montagna era sempre così melanconica - dissero - che avevano paura che facesse qualche sciocchezza. Furono subito accontentati, e il re in persona ordinò ai soldati di guardia di sorvegliarla per bene e di seguirla dappertutto.

Oramai era tempo di allestire il banchetto per le altre due, di far fermentare la birra e di infornare: doveva essere uno sposalizio come non se ne era mai visto o sentito l'uguale: continuavano a fare il malto, a infornare e a macellare, che sembrava non dovessero finire mai più.

Il soldato intanto si aggirava giù in quell'altro mondo. Gli sembrava duro non potere più vedere nessuno, nemmeno la luce del giorno, ma qualcosa - pensava - doveva ben fare, e così girellò da una stanza all'altra per un giorno, per due e per altri ancora, aprì armadi e cassetti, frugò negli scaffali e osservò tutti gli oggetti rilucenti che vi erano conservati. Alla fine arrivò davanti al tiretto di un canterano; lo aprì e dentro trovò una chiave d'oro. Provò allora quella chiave in tutte le serra- ture che c'erano, ma nessuna andava bene, fino a che arrivò ad un piccolo armadio appeso sopra il letto; dentro ci trovò un vecchio fischietto arrugginito.

« Son curioso di vedere se suona », pensò mettendoselo in bocca. Prima che avesse tempo di riflettere si sentì ronzare e frusciare da tutte le parti, e contemporaneamente calò giù uno stormo di uccelli, tanto grande che tutto il terreno fu subito nero.

- Che cosa comanda oggi il nostro padrone? - gli chiesero.

Se il padrone era lui, disse il soldato, voleva un po' sentire se erano capaci di dargli un buon consiglio per riuscire a tornare su sulla terra.

No, nessuno ne era capace; - ma non è ancora venuta nostra madre, - dissero, -se non ti può aiutare lei, non c'è nulla , da fare.

Allora lui soffiò una seconda volta nel fischietto, e dopo un po' sentì come delle ali battere lontano lontano, e intanto cominciò a tirare un vento così forte che egli fu scaraventato tra le case come una manciata di fieno sull'aia, e se non si fosse attaccato alla siepe il turbine se lo sarebbe portato via in un colpo. Intanto gli piombò davanti un'aquila, così, enorme che non ce n'era l'uguale.

- Con che energia vieni! - le disse il soldato.

- Vengo come suoni, - rispose l'aquila. Allora lui le chiese se poteva dargli un consiglio per tornare su e lasciare quel mondo li. - Da qui uno può andarsene solo a volo, - rispose l'aquila, - ma se tu mi ammazzi dodici buoi, così da farmi saziare, cercherò di darti aiuto. Hai un coltello?

- No, ma ho una spada, - rispose il soldato.

Una volta ingoiati tutti e dodici i buoi, l'aquila lo pregò di ammazzarne ancora uno, da portare come provvista di viaggio. - Ogni volta che apro il becco devi esser pronto a ficcarmici dentro un pezzo, - disse, - altrimenti non ce la faccio a volare così in alto con te in spalla. Il soldato fece dunque come lei gli aveva detto, le appese al collo due grossi sacchi pieni di carne e si ficcò poi lui stesso tra le penne. Allora l'aquila agitò le ali e si mossero, veloci come il vento, così da far rintronare l'aria. Seduto sull'aquila, lui aveva il suo bel daffare a tenersi stretto: riusciva appena appena a gettarle i pezzi di carne nel becco, ogni volta che lo spalancava. Alla fine cominciò a farsi luce sopra di loro; per un momento sembrò che l'aquila stesse per cadere e agitò le ali, ma il soldato fu pronto ad afferrare l'ultimo quarto di bue e a gettarglielo nel becco. Essa così riprese allora forza, e riuscì ad arrivare fin su con lui in groppa. Dopo essersi fermata un po' a riposare sulla cima di un grande abete si rimise di nuovo in viag- gio, e dove passavano era tutto un lampeggiare, sia sul mare che sulla terra. Il soldato smontò vicino alla fattoria del re, e l'aquila se ne rivolò a casa, ma prima gli disse che se voleva qualcosa non aveva che da soffiare nel fischietto, che sarebbe tornata subito.

Intanto alla reggia avevano finito i preparativi, e si avvicinava il momento delle nozze del capitano e del tenente con le due principesse più grandi. Ma anche loro non erano molto più allegre della sorella minore; non passava giorno senza che si lamentassero e piangessero, e più si avvicinava il giorno delle nozze più si rattristavano.

Alla fine il re chiese che cosa avessero: gli sembrava ben strano che non fossero allegre e contente adesso che erano state liberate e avrebbero fatto un così bel matrimonio. Qualcosa dovevano pur rispondere, e allora la maggiore disse che non avrebbero potuto più esser felici se prima non avessero avuto una scacchiera come quella che avevano nella montagna azzurra. Se era per quello - pensò il re - avrebbe ben potuto procurarne una, e perciò mandò a dire a tutti i più bravi e i più abili orafi del paese di fabbricare per le principesse una scacchiera come quella.

Prova e riprova, nessuno riuscì però a fabbricare una scacchiera come quella.

Alla fine non rimaneva che un orafo, un vecchietto malandato che da anni non aveva fatto un lavoro come si conviene, ma solo lavoricchiato un po' l'argento, quel tanto che gli bastava per vivere. Allora il soldato andò da lui e gli chiese di imparare il mestiere:

quello fu tanto contento di poter accogliere un garzone, erano anni che non ne aveva, che tirò fuori da un cassone una bottiglia piena di acquavite e si mise a bere insieme al soldato. Non passò molto che l'acquavite gli montò alla testa, e quando l'altro se ne accorse gli propose di andare dal re a offrirsi di fare lui la scacchiera per le principesse. Quello non se lo fece dire due volte: ai suoi tempi, aveva fatto lavori ben più importanti e più belli, dichiarò.

Quando il re sentì che fuori c'era un tale pronto a fare la scacchiera venne subito fuori di corsa.

- È vero, come dicono, che sei capace di fare una scacchiera come quella che vogliono le mie figliole? - chiese.

- Certo, - rispose l'orefice: era proprio così.

- Va bene, - continuò allora il re, - eccoti l'oro, ma se non sarai capace di lavorarlo ne andrà di mezzo la tua vita, dato che sei stato tu stesso a offrirti -. La scacchiera avrebbe dovuto esser pronta in tre giorni. Il mattino dopo, una volta smaltiti nel sonno i fumi del vino, l'orafo non era più tanto sicuro di sé. Si mise a piangere e a lamentarsi e se la prese con il suo garzone che gli aveva fatto combinare un bel guaio, nei fumi della sbornia. La cosa migliore - disse - era di farla subito finita con la vita, tanto non avrebbe potuto conservarla davvero: se gli orafi migliori e più famosi non erano capaci di fare un lavoro come quello, non era davvero possibile che ci riuscisse proprio lui.

- Non ci stare a pensare, dammi l'oro invece, - disse il soldato, - alla scacchiera penserò io; voglio però avere una stanza tutta per me, dove lavorare, - aggiunse. Quello gliela diede subito, e per di più lo ringraziò.

Ma aspetta aspetta, il ragazzo non faceva nulla, solo perdeva tempo, e l'orafo an- dava su e giù brontolando perché non si decideva mai a mettersi al lavoro. - Di questo tu non devi preoccuparti, - disse il soldato, - c'è ancora molto tempo prima della scadenza. Se non sei contento di quel che ti ho detto puoi fare il lavoro da te.

Le cose non cambiarono per tutto quel giorno e per il seguente, e quando anche l'ultimo giorno l'orafo non sentì venire dalla stanza nessun rumore né di martello né di lima perse ogni speranza: ormai, secondo lui, era spacciato.

Calata la notte, il soldato aperse la finestra e soffiò nel suo fischietto.

Allora venne l'aquila, e gli chiese che cosa voleva.

- La scacchiera d'oro che le principesse avevano nella montagna azzurra, - rispose il soldato. - Ma prima non vuoi avere qualcosa da mangiare? Là nel fienile ho in serbo per te due buoi interi, puoi prenderteli, - continuò. Dopo esserseli messi in pancia, l'aquila non perse tempo per la strada, e prima che sorgesse il sole eccola lì di ritorno con la scacchiera: il soldato la sistemò sotto il letto e si mise a dormire.

La mattina dopo, prestissimo, l'orafo venne a bussare violentemente alla sua porta.

- Quanto ti dai da fare a correre su e giù, - gli disse il soldato. - Vai in giro come un pazzo per tutto il santo giorno, e adesso non si può nemmeno più dormire; non è possibile fare il garzone qui da te! - brontolò.

Ma quella volta non valsero né ordini né preghiere, l'orafo voleva entrare a tutti i costi, e alla fine riuscì a sollevare il chiavistello. Allora si che smise di lamentarsi!

Ma quando arrivò alla reggia con la scacchiera le principesse furono ancora più contente di lui; la più contenta di tutte fu la più giovane.

- Sei stato proprio tu a fare questo giuoco? - gli chiese.

- No, a dir la verità non sono stato io, - rispose, - è stato il garzone che ho a bot- tega.

- Avrei voglia di vederlo, - disse la principessa.

Lo volevano proprio vedere tutte e tre: doveva assolutamente venire, se teneva alla sua vita. Lui non aveva paura né delle donne né dei potenti, dichiarò il soldato, e se avevano voglia di vedere i suoi stracci potevano bene essere accontentate. La più giovane delle principesse lo riconobbe subito, e, spinte da una parte le sentinelle, corse verso di lui e gli porse la mano dicendo: - Buongiorno e grazie!

- Ecco quello che ci ha liberato dai troll dentro la montagna, - disse al re, - è lui che voglio! - Poi gli tirò indietro il berretto e fece vedere l'anello che gli aveva legato tra i capelli. Allora saltò fuori come si erano comportati il capitano e il tenente, e tutti e due dovettero pagare con la vita: avevano finito di fare i signori! Il soldato invece si ebbe la corona e una metà del regno e si festeggiò il suo matrimonio con la più giovane delle principesse. Allora bevvero a più non posso e sì dettero alla pazza gioia, perché di darsi alla pazza gioia erano capaci tutti, anche se non tutti erano stati capaci di liberare le principesse: se non hanno finito, sono certamente ancora là che bevono e si danno alla pazza gioia.

Il Ragazzo Che Rubò I Tesori Del Gigante

C'era una volta un povero contadino che aveva tre figli. I due maggiori seguivano il padre nel bosco e nei campi e lo aiutavano nel suo lavoro, il più piccolo rimaneva a casa con la madre e la aiutava nelle sue faccende. Perciò veniva disprezzato dai fratelli, che lo stuzzicavano e non perdevano occasione per fargli dei torti. Poi accadde che i contadini morirono e i tre figli dovettero dividersi l'eredità.

Ma andò come si può immaginare: i due maggiori presero ciò che aveva valore e al più giovane non toccò niente. Quando tutto fu diviso c'era rimasta solo una vecchia madia per il pane che nessuno voleva. Allora uno dei fratelli disse: "Quella vecchia madia può essere adatta al nostro fratello minore. Lui fa il pane così volentieri!"

Al ragazzo sembrava una misera eredità ma dovette accontentarsi. Da quel momento non si trovò più a suo agio in casa e un giorno si congedò dai fratelli e se ne andò per il mondo per tentare la sorte. Quando giunse sulla riva del mare turò le fessure della madia con la stoppa e ne fece una barchetta, alla quale fissò dei bastoni come remi. Poi si mise a remare. Quando ebbe attraversato il mare giunse a una reggia. Entrò e chiese di poter parlare con il re, che gli domandò quali fossero le sue origini e la sua missione. "Sono un povero figlio di contadini e al mondo non possiedo nient'altro che questa vecchia madia" rispose il ragazzo. "Ora sono venuto qui per cercare servizio." Quando il re ebbe udito quelle parole scoppiò a ridere e disse: "Certo la tua eredità è piccola, ma spesso la sorte cambia in maniera strana." Così il ragazzo fu assunto fra i garzoni del re e in breve si fece benvolere da tutti per la sua audacia e la sua rapidità.

Il re aveva un'unica figlia, e della sua bellezza e intelligenza si parlava per tutto il paese. Arrivavano pretendenti da oriente e da occidente ma la principessa rispondeva di no a tutti, se non erano in grado di procurarle quattro oggetti preziosi posseduti da un gigante dall'altra parte del mare. Quegli oggetti erano una spada d'oro, tre galline d'oro, una lampada d'oro e un'arpa d'oro. Molti guerrieri e principi erano partiti alla conquista di quegli oggetti preziosi ma nessuno era tornato: il gigante li aveva catturati e divorati tutti. Il re era assai adirato, e temeva che sua figlia non avrebbe trovato un marito e che lui non avrebbe mai avuto un genero che potesse ereditare il regno.

Quando il ragazzo lo venne a sapere pensò che valesse la pena provare a conquistare la bella principessa, e con questo pensiero un giorno andò dal re e dichiarò la sua intenzione. Il re si irritò e disse: "Come puoi pensare tu, che sei un misero garzone, di portare a compimento ciò che nessun guerriero finora è riuscito a fare?" Ma il giovane rimase saldo nel suo intento e chiese il permesso di tentare la sorte. A vedere il suo coraggio il re mitigò la sua ira e gli diede il permesso, aggiungendo: "Ne va della tua vita e non vorrei perderti." E dopo aver parlato così, si divisero. Il ragazzo andò allora sulle rive del lago, cercò la sua barca e la controllò attentamente su ogni lato. Poi tornò remando dall'altra parte e si nascose vicino alla capanna del gigante.

Rimase lì tutta la notte e al mattino, prima che facesse chiaro, il gigante andò nel granaio e cominciò a battere il grano tanto forte da far risuonare tutte le montagne circostanti. Quando il giovane lo vide raccolse un mucchietto di sassolini nella bisaccia, si arrampicò sul tetto e fece un piccolo buco per poter guardare giù. Il gigante portava sempre la sua spada d'oro al fianco, e la spada aveva la strana abitudine di mettersi a tintinnare ogni volta che lui si irritava.

Mentre il gigante batteva ben bene il grano, il giovane gettò un sassolino che cadde sulla spada; subito quella emise un forte suono. "Perché tintinni?" chiese il gigante, di cattivo umore. "Non sono affatto irritato." Continuò a battere il grano ma proprio in quel momento la spada tintinnò di nuovo. Il gigante di nuovo non le badò e la spada tintinnò per la terza volta. Allora si arrabbiò davvero, sciolse la cintura e gettò la spada fuori dalla porta del granaio. "Rimani lì" disse, "finché non ho finito di battere." Il ragazzo non perse tempo, scivolò velocemente giù dal tetto, afferrò la spada d'oro del gigante, corse alla barca e attraversò il lago. Qui nascose il bottino, contento del buon esito della sua avventura. Il secondo giorno si riempì la bisaccia di grano, mise nella barca un po' di spago e tornò alla capanna del gigante.

Dopo essere rimasto un po' nascosto, vide le tre galline d'oro camminare sulla riva del lago e stendere le piume, che splendevano meravigliosamente alla luce del sole. Subito uscì dal nascondiglio e le attirò piano piano dando loro da mangiare il grano che aveva nella bisaccia. E mentre quelle mangiavano lui si avvicinava sempre più all'acqua, e alla fine tutte e tre le galline d'oro erano riunite nella sua barchetta. Allora saltò su anche lui, spinse la barca in acqua e legò le galline con lo spago. Poi si allontanò remando con cautela e nascose la sua preda sull'altra riva. Il terzo giorno il ragazzo riempì la sua bisaccia con dei pezzi di sale e attraversò di nuovo il lago.

Verso sera notò il fumo che usciva dalla capanna e comprese perciò che la moglie del gigante stava preparando da mangiare. Ora il ragazzo si arrampicò sul tetto, spiò dal camino e vide che sul fuoco c'era una pentola enorme che bolliva. Allora prese il sale dalla bisaccia e a poco a poco lo versò nella pentola. Poi scese dal tetto e attese gli sviluppi. Dopo un po' la moglie del gigante tolse la pentola dal fuoco, versò la farinata e mise la scodella sul tavolo.

Il gigante era affamato e cominciò subito a mangiare, ma quando ebbe assaggiato la farinata, sentito quant'era salata andò su tutte le furie. La moglie si scusò, dicendo che secondo lei era buona. Il gigante le disse di assaggiarla lei stessa, lui non aveva più voglia.

Non appena la donna la ebbe assaggiata fece una smorfia: un cibo così cattivo non l'aveva mai mangiato. Ora non poteva fare altro che cuocere altra farinata per il marito e perciò prese il secchio, staccò la lampada d'oro dalla parete e corse al pozzo a prendere l'acqua.

Quando appoggiò la lampada e si sporse per prendere l'acqua, il ragazzo uscì dal suo nascondiglio, la prese per i piedi e la gettò a testa in giù nel pozzo. Poi afferrò la lampada e scappò, attraversando senza problemi il lago. Intanto il gigante, stupito che sua moglie rimanesse via tanto tempo, alla fine uscì a cercarla; però non vedeva nessuno, sentiva solo il rumore sordo di qualcuno che sguazzava nel pozzo.

Allora comprese che sua moglie era caduta in acqua e, con fatica, l'aiutò a tornare all'asciutto. "Dov'è la mia lampada d'oro?" fu la prima domanda del gigante quando la donna si fu un po' ripresa. "Non lo so" rispose lei. "Ma ho come l'impressione che qualcuno mi abbia presa per i piedi e gettata nel pozzo."

Allora il gigante cominciò a preoccuparsi. "Tre dei miei tesori sono scomparsi" esclamò. "Ora non mi rimane che l'arpa d'oro, ma quella il ladro non l'avrà, chiunque egli sia: la chiuderò dietro dodici serrature." Mentre a casa del gigante avveniva questa conversazione, il ragazzo scendeva a terra sull'altra riva, contento che tutto fosse andato così bene. Ma ora gli rimaneva il compito più difficile, conquistare l'arpa d'oro del gigante. Rifletté a lungo sul da farsi ma non riusciva a trovare una soluzione. Perciò decise di attraversare il lago e andare alla capanna del gigante, e aspettare l'occasione che gli si sarebbe offerta. Detto fatto, remò fino all'altra riva del lago e si mise in agguato.

Ma com'è come non è, il gigante stava con gli occhi aperti, lo vide, saltò subito fuori e lo catturò. "Eccoti qui, ladro" disse il gigante incollerito. "Sei stato tu a rubare la mia spada, le mie tre galline d'oro e la mia lampada d'oro." Il ragazzo ebbe paura, perché credeva che fosse giunta la sua ultima ora. "Lasciami in vita, babbino!" rispose umilmente. "Non verrò mai più." "No" replicò il gigante. "A te andrà come agli altri. Nessuno esce vivo dalle mie mani." Così lo chiuse in una cassa e gli diede nocciole e latte perché fosse ben nutrito prima di essere macellato e divorato. Il ragazzo ora rimase prigioniero, mangiava e beveva e se la passava bene. Passò un po' di tempo e il gigante volle sapere se fosse grasso abbastanza. Andò alla cassa, fece un buco nella parete e gli ordinò di tirare fuori un dito.

Ma il giovane comprese le sue intenzioni e mise fuori un rametto di ontano. Il gigante lo tagliò e vide la linfa rossa che usciva dal legno, e così pensò che fosse ancora molto magro, visto che sembrava così duro. Allora gli fece dare ancora più latte e noci di prima. Qualche tempo dopo, il gigante tornò alla cassa e disse al ragazzo di tirare fuori il dito dal buco sulla parete. E quello ora tirò fuori un torso di cavolo e il gigante lo tagliò con il coltello. Allora pensò che il prigioniero fosse abbastanza grasso, visto che era così morbido. Al mattino il gigante disse a sua moglie: "Mammina, il ragazzo è bello grasso. Prendilo e cuocilo al forno! Intanto andrò a invitare i nostri amici al banchetto."

La donna promise di fare come le aveva detto il marito. Scaldò molto il forno e prese il ragazzo per arrostirlo. "Mettiti sulla pala!" disse la gigantessa. Il ragazzo obbedì, ma ogni volta che la donna afferrava il manico lui rotolava giù, e così per almeno dieci volte. Alla fine la moglie del gigante si arrabbiò e cominciò a imprecare per la sua incapacità, ma quello si scusò dicendo che non sapeva come doveva mettersi. "Aspetta, ti faccio vedere io" disse la donna, e si sedette sulla pala con la schiena curva e le ginocchia raccolte.

Ma era appena salita che il ragazzo afferrò la pala, spinse la donna nel forno e chiuse lo sportello. Poi prese la pelliccia della moglie del gigante, la riempì di fieno e la mise sul letto, afferrò quindi il grosso mazzo di chiavi, aprì le dodici serrature, prese la bella arpa d'oro e corse giù alla sua barca nascosta nel canneto sulla riva del lago.

Dopo qualche tempo il gigante tornò a casa. "Dove può essere mammina?" pensò fra sé non vedendo sua moglie. "Ah, ecco, si è distesa a riposare un po', potevo immaginarlo." Ma la donna dormiva e dormiva e non voleva svegliarsi, sebbene gli invitati fossero sul punto di arrivare.

E così il gigante andò a svegliarla: "Svegliati, mammina!" disse. Ma non vi fu alcuna risposta. Gridò ancora una volta, ma ancora nessuna risposta. Allora si arrabbiò e cominciò a scuotere con forza la pelliccia che stava sul letto. Solo ora si accorse che non era sua moglie, ma un mucchio di fieno sul quale erano stati messi i suoi vestiti. A questo punto il gigante cominciò a sospettare qualcosa di storto e corse a cercare la sua arpa d'oro.

Ma il mazzo di chiavi era scomparso, le dodici serrature erano aperte e l'arpa non c'era più. E alla fine, quando aprì il forno per vedere la cena, guarda, ecco là sua moglie arrostita che gli ghignava in faccia. Ora il gigante, fuori di sé dall'ira, uscì di corsa per vendicarsi su chi aveva combinato tutto il pasticcio. Giunto alla spiaggia, vide il ragazzo seduto nella sua barca intento a suonare l'arpa. Il suono dell'arpa rieccheggiava sull'acqua e le corde d'oro scintillavano meravigliosamente alla luce del sole.

Ora il gigante corse in acqua per catturare il ragazzo, ma il lago era troppo profondo e così si distese sulla riva e cominciò a bere per svuotarlo. Bevendo con tutte le sue forze creò una tale corrente che la barchetta si faceva sempre più vicina alla riva. Ma proprio mentre stava per afferrarla, il gigante, che aveva bevuto troppo, scoppiò. Così rimase morto sulla riva, mentre il ragazzo ricominciò a remare e arrivò dall'altra parte tutto contento. Giunto sulla spiaggia si pettinò i capelli biondi, indossò preziosi abiti, si legò al fianco la spada d'oro del gigante, prese l'arpa d'oro in una mano e la lampada d'oro nell'altra e così equipaggiato entrò nella sala dove il re sedeva a tavola con i suoi uomini. Quando il re vide il risoluto giovane ne fu molto contento e lo degnò di teneri sguardi.

E il ragazzo avanzò fino alla bella principessa, la salutò cortesemente e le depose ai piedi i tesori del gigante. Ci fu allora grande gioia in tutta la reggia, perché la principessa aveva conquistato i tesori del gigante e in più un marito così bello e coraggioso. Poi il re fece festeggiare le nozze di sua figlia con gran lusso. Così quando il vecchio morì, il ragazzo fu accolto come re del paese e visse a lungo e bene. Poi non ne so più niente.

Il Gigante Che Non Aveva Cuore Nel Petto

U na volta un re che aveva sette figli e li amava tanto che non poteva mai restar senza qualcuno di loro: uno doveva sempre avercelo vicino. Quando furono diventati grandi, sei andarono a cercar moglie, ma il più giovane il padre volle continuare a tenerselo vicino: ci avrebbero pensato gli altri a portare alla reggia una principessa anche per lui. Il re diede ai sei figli gli abiti più meravigliosi che si fossero mai visti, così belli che si vedevano risplendere da lontano, uno per uno, e a ognuno il suo cavallo, un cavallo da molti e molti talleri; così partirono.

Dopo aver visitato molte regge e aver visto molte principesse arrivarono finalmente da un re che aveva sei figlie: principesse belle come quelle non le avevano mai vedute, e così ognuno di loro ne chiese una in sposa, e avuta una sposa per ciascuno se ne tornarono a casa, dimenticandosi completamente che avrebbero dovuto portare una principessa anche per Ceneraccio, che era rimasto a casa: le spose avevano fatto perdere loro completamente la testa.

Erano già un bel pezzo avanti sulla via del ritorno quando passarono rasente ad una roccia a picco, dove c'era la casa del gigante. Il gigante uscì fuori e vedendoli, li tramutò tutti quanti in pietre, principi e principesse. Il re intanto aspettava i suoi sei figlioli, ma aspetta aspetta non ne tornava nessuno; allora si rattristò molto e prese a la¬mentarsi dicendo che non avrebbe mai più potuto essere felice in vita sua: - Se non mi rimanessi tu, - disse a Ceneraccio, - non vorrei più vivere, tanto sono addolorato per la perdita dei tuoi fratelli.

- Ma io avevo pensato di chiederti il permesso di andare a cercarli, - dichiarò Ceneraccio.

- No, non te lo permetto, - dichiarò il padre, - non torneresti più neppure tu.

Ma Ceneraccio voleva partire a tutti i costi, e prega e riprega, alla fine il re dovette lasciarlo andar via. Ora al re non era restato da dargli che un povero ronzi- no, perché i sei principi e gli uomini del seguito si erano presi tutti gli altri cavalli, ma di questo a Ceneraccio non importava nulla, e montò sul vecchio ronzino pela- to. - Ciao, papa, - disse al re, - tornerò sicuramente, e chissà che non abbia con me anche i miei fratelli, - e così detto se ne andò.

Dopo aver cavalcato per un bel pezzo si trovò davanti un corvo steso per terra che sbatteva le ali senza riuscire a muoversi, tanta era la fame che aveva.

- Amico! Dammi un po' da mangiare e io ti aiuterò nell'estremo bisogno, - disse il corvo.

- Da mangiare non ne ho molto, e tu non hai davvero l'aria di potermi aiutare gran che, - rispose il principe, - ma ti darò lo stesso qualcosa perché ne hai bisogno, lo vedo bene -. Così detto, offerse al corvo un po' delle provviste che aveva con sé. Dopo essere andato avanti un altro pezzo giunse a un torrente; lì c'era un grosso salmone che si era spinto sulla riva, all'asciutto, e che si agitava e si divincolava senza riuscire a tornare dentro l'acqua.

- Amico! Aiutami a tornare in acqua, - disse il salmone al principe, - e io ti aiuterò nell'estremo bisogno.

- Ho paura che l'aiuto che potrai darmi tu non sarà certo grande, - dichiarò il principe, - ma è un peccato che tu debba restare qui a morir di fame, - e così dicendo respinse nell'acqua il pesce.

Cavalca cavalca cavalca, incontrò un lupo, un lupo così affamato che si trascinava avanti faticosamente, pancia a terra.

- Amico! Dammi il tuo cavallo! - pregò il lupo, - ho una tal fame che mi fischiano le budella; son due anni che non metto niente sotto i denti.

- No, - rispose Ceneraccio, - questo non posso farlo, prima mi son trovato davanti un corvo e gli ho dovuto dare le mie provviste, poi ho incontrato un salmone e ho dovuto aiutarlo a tornare nell'acqua, adesso tu vuoi il mio cavallo. È impossibile, perché poi io non saprei su cosa cavalcare.

- Ma si, caro, che puoi aiutarmi, - replicò il lupo, - poi cavalcherai su di me, e io ti aiuterò nell'estremo bisogno, - aggiunse.

- L'aiuto che potrò avere da te non sarà certo grande, ma prenditi lo stesso il cavallo, dato che ne hai tanto bisogno, - gli rispose il principe.

Una volta che il lupo ebbe divorato il cavallo, Ceneraccio prese il morso e glielo mise nelle fauci, raccolse la sella e gliela posò sulla schiena; il lupo era diventato così forte per tutto quello che aveva messo in pancia che parti con il principe in groppa come se niente fosse: così veloce non era stato mai.

- Quando avremo fatto un altro po' di strada ti farò vedere la fattoria del gigante, - promise il lupo, e dopo poco ci arrivarono. - Ecco là la fattoria, - disse, - ecco lì i tuoi sei fratelli che il gigante ha cambiato in pietre, ed ecco lì le loro sei spose, laggiù è la porta; è di là che devi entrare.

- Non ne ho il coraggio, - disse il principe, - quello mi ammazza.

- Oh no, - rispose il lupo, - una volta dentro vedrai una principessa, ti dirà ben lei come devi comportarti per riuscire a farla finita col gigante. Basta che tu faccia quello che ti dice lei, sta' attento!

Allora Ceneraccio entrò, ma aveva una gran paura. Dentro il gigante non c'era, ma in una camera era seduta la principessa, proprio come aveva detto il lupo; una fanciulla bella come quella Ceneraccio non l'aveva mai vista in vita sua.

- Dio ti salvi! Come hai fatto ad arrivare qua? - gli chiese la principessa appena lo vide. - Questa per te è certo la fine; il gigante che abita qui nessuno può ucciderlo, perché lui non ha il cuore nel petto.

- Ho capito, ma visto che sono arrivato fin qui mi ci proverò lo stesso, - dichiarò Ceneraccio. - E i miei fratelli che stanno lì davanti trasformati in pietre vedrò io di salvarli; voglio cercare di metter in salvo anche te, - disse.

- E va bene, dato che vuoi assolutamente farlo, penseremo al modo, - disse la principessa. - Adesso infilati là sotto al mio letto, e sta' a sentire i discorsi che farò con lui. Ma ti raccomando di star buono e zitto.

Lui allora strisciò sotto il letto, e quasi non era ancora sistemato che arrivò il gigante.

- Acci, acci! Sento odor di cristianacci! - esclamò il gigante. - Ma sì, è volata fin qui una gazza con un osso nel becco, e lo ha lasciato cader giù attraverso la cappa del camino, - spiegò la principessa, -

io mi son ben affrettata a buttarlo subito fuori, ma l'odore non se ne è andato troppo presto.

Allora il gigante non ne parlò più.

Quando venne la sera andarono a letto; erano coricati da un po' quando la principessa disse: - C'è una cosa che vorrei tanto domandarti, se solo ne avessi il coraggio.

- E che cosa è? - chiese il gigante.

- Vorrei tanto sapere dove tieni il tuo cuore, dato che non ce l'hai addosso, - disse allora la principessa.

- Oh, non è una faccenda che ti riguarda; in ogni modo, sta sotto la soglia, - rispose il gigante.

« Bene bene! Trovarlo lì sarà facile », pensò Ceneraccio, coricato sotto il letto.

La mattina dopo il gigante si alzò prestissimo e se ne andò nel bosco; era appena appena uscito che Ceneraccio e la principessa cominciarono a cercare il suo cuore sotto la soglia, ma scava scava e cerca cerca non trovarono nulla. - Stavolta ce l'ha fatta, - disse la principessa, - ma lo metteremo alla prova ancora una volta -. Poi colse tutti i fiori più belli che poté trovare e li sparse intorno alla soglia dopo averla rimessa al suo posto; arrivato il momento in cui doveva tornare il gigante, Ceneraccio si ficcò nuovamente sotto il letto.

Si era appena messo lì che arrivò il gigante. - Acci, acci! Sento odor di cristianacci! - esclamò.

- Ma si, è volata fin qui una gazza con un osso nel becco e lo ha lasciato cadere giù attraverso la cappa del camino, - rispose la principessa, - io l'ho buttato fuori più presto che potevo, ma certo è quello che ha lasciato l'odore -. Il gigante si calmò, e non ne parlò più. Dopo un po' chiese però chi era stato a spargere i fiori sulla soglia.

- Oh, sono stata io, - rispose la principessa.

- E si può sapere perché? - chiese il gigante.

- Ti voglio tanto bene che non posso fare altrimenti, sapendo che li sotto c'è il tuo cuore, - rispose la principessa.

- Ho capito, ma tanto non è mica li, - disse il gigante.

Quando la sera si furono coricati, la principessa chiese un'altra volta dove teneva il suo cuore; gli voleva tanto bene che avrebbe proprio voluto saperlo, dichiarò.

- Oh, è là, nell'armadio contro la parete, - disse il gigante.

«Capito, - pensarono Ceneraccio e la principessa, - cercheremo ben di trovarlo là dentro ».

La mattina dopo il gigante si mise in via presto e ritornò nel bosco; si era appena allontanato che Ceneraccio e la principessa erano già dentro l'armadio per cercare il suo cuore, ma cerca cerca non lo trovarono neppure li. - E va bene, dovremo metterlo alla prova un'altra volta, - disse la principessa. Poi adorno nuovamente l'armadio con fiori e ghirlande, e verso sera Ceneraccio si ficcò di nuovo sotto il letto.

Subito arrivò il gigante: - Acci, acci! Sento odor di cristianacci! - esclamò.

- Ma si, poco fa è volata fin qui una gazza con un osso nel becco, e lo ha lasciato cadere giù per la cappa del camino, - raccontò la principessa, - ho cercato di buttarlo fuori più presto che potevo, ma certo ha lasciato ancora un po' di odore.

A sentir questo il gigante non disse più nulla, ma dopo un po' si accorse di tutti i fiori e le ghirlande che erano appesi intorno all'armadio, e allora chiese chi era stato a metterli li. Era stata la principessa.

- E che cosa significa questa stupidaggine? - chiese il gigante.

- Oh, ti voglio tanto tanto bene che non posso fare altrimenti, sapendo che li dentro c'è il tuo cuore, - rispose la principessa.

- E tu sei tanto pazza da crederci? - chiese il gigante.

- Devo ben crederci se sei tu a dirmelo, - rispose la principessa.

- Oh, sei una stupida, - disse il gigante, - dov'è il mio cuore non ci arriverai mai!

- Ma sarebbe bello lo stesso sapere dove si trova! - esclamò la principessa.

Allora il gigante non poté più fare a meno di dirglielo. - Lontano lontano, in mezzo a un lago c'è un'isola, - spiegò, -e nell'isola c'è una chiesa; nella chiesa c'è un pozzo, nel pozzo nuota un'anitra, dentro l'anitra c'è un uovo, e dentro l'uovo c'è il mio cuore, sai.

La mattina presto, quando ancora non faceva giorno, il gigante ritornò nel bosco. - Bene, ora me ne andrò anch'io, -disse Ceneraccio, - se solo sapessi come trovare la strada! -Poi salutò la principessa, e quando uscì dalla fattoria del gigante li davanti c'era ancora ad aspettarlo il lupo. Gli raccontò allora che cosa gli era successo e disse che voleva andare a cercare il pozzo nella chiesa, se solo avesse potuto sapere la strada. Il lupo gli disse allora di montargli in groppa: la strada l'avrebbe ben trovata, dichiarò, e così partirono, tanto in fretta da far fischiare l'aria, per brughiere e altopiani, per monti e per valli.

Quando ebbero viaggiato molti molti giorni arrivarono finalmente al lago. Il principe non sapeva come fare a passare dall'altra parte, ma il lupo lo pregò di non aver paura, si gettò in acqua con il principe sulla schiena e nuotò verso l'isola. Così giunsero alla chiesa, ma le chiavi stavano in alto in alto, in cima al campanile, e il principe non sapeva come fare per tirarle giù. - Adesso devi chiamare il corvo, - disse il lupo e il principe fece come gli aveva detto; il corvo venne subito e volò a prendere le chiavi, e così il principe entrò in chiesa.

Quando giunse al pozzo c'era proprio dentro l'anitra che nuotava in su e in giù, come aveva detto il gigante. Si mise allora a chiamarla; alla fine gli riuscì di farla avvicinare, e l'afferrò. Ma proprio mentre la stava prendendo su dall'acqua quella lasciò andare l'uovo giù nel pozzo e Ceneraccio non sapeva come fare a pigliarlo. - Adesso devi chiamare il salmone, - disse il lupo, e il principe fece come gli aveva detto; il salmone venne e andò a prendere l'uovo, il lupo gli disse poi di stringerlo, e mentre Ceneraccio lo stringeva il gigante si mise a gridare.

- Dagli un'altra strizzata, - disse il lupo. Ceneraccio ubbidì e il gigante si mise a strillare ancora peggio, poi lo pregò con le maniere migliori che aveva: avrebbe fatto tutto quello che voleva Ceneraccio, disse, bastava che lui non gli facesse a pezzi il cuore strizzandolo. - Digli che se trasformerà nuovamente in esseri umani i tuoi sei fratelli che ha cambiato in pietre e le loro sei spose avrà salva la vita, - consigliò il lupo, e Ceneraccio fece così.

Il troll disse subito di sì, trasformò nuovamente i sei fratelli in principi e le loro spose in principesse.

- Adesso fa a pezzi l'uovo, - disse il lupo. Ceneraccio strizzò l'uovo fino a farlo a pezzi, e così il gigante scoppiò.

Una volta liberatosi del gigante, Ceneraccio tornò alla fattoria sempre a cavallo del lupo, e li trovò i suoi sei fratelli, vivi e vegeti con le loro spose, e così tornarono tutti insieme alla reggia. Che gioia ebbe il vecchio re quando vide tornare tutti i suoi sette figli, con una sposa per uno. - Ma la più bella di tutte le principesse è in ogni modo quella di Ceneraccio! - dichiarò il re, - è lui che dovrà sedere a capotavola, con la sua sposa.

Fecero allora molti inviti, prepararono un bel banchetto e banchettarono a lungo, e se non hanno ancora finito di darsi alla pazza gioia stanno certo ancora banchettando.

Le Tre Principesse Nella Montagna

C'erano una volta un re e una regina che non avevano figlioli, e per questo se la prendevano tanto che non avevano quasi mai un momento felice. Un giorno il re se ne stava sulla loggia e spaziava con lo sguardo su tutti i suoi campi e tutte le sue proprietà. Ne aveva a sufficienza e più che a sufficienza, ma gli sembrava di non poterne ricavare nessuna gioia, perché dopo di lui non sapeva cosa sarebbe avvenuto di esse. Mentre stava li tutto pensieroso venne una povera vecchia che andava intorno chiedendo l'elemosina per amor di Dio. La vecchietta salutò, fece un inchino e poi chiese al re perché aveva quell'aria così sconsolata.

- Tu, vecchia mia, non puoi farci nulla, - rispose il re, - anche se te lo dico non serve a niente.

- Forse sì invece, - disse la vecchia mendicante, - a volte basta poco, se la fortuna aiuta. Vostra Maestà pensa che non ha un erede delle sue terre e della corona, ma non deve preoccuparsi per questo, - continuò, - da sua moglie avrà ben tre figlie, dovrà però star attento che non escano all'aria aperta prima di compiere i quindici anni; altrimenti arriverà un fiocco di neve che se le porterà via.

Venuto il tempo, la regina si mise a letto ed ebbe una bella bambina; l'anno dopo avvenne lo stesso, e il terzo anno anche. Il re e la regina erano al colmo della felicità, ma nella sua gioia il re non dimenticò di mettere una sentinella davanti alla porta, perché le principesse non riuscissero a sgattaiolar fuori.

Crescendo, le figlie del re diventarono belle e buone, e stavano bene in tutto e per tutto. Solo non potevano andar fuori a giocare come gli altri bambini; per quanto pregassero e ripregassero i genitori e per quanto seccassero la sentinella con lamentele, non servì a niente: fuori di casa non avrebbero dovuto uscire, fino a che non avessero compiuto tutte e tre i quindici anni.

Non mancava molto al quindicesimo compleanno della più giovane delle principesse. Il re e la regina erano fuori, se la scarrozzavano al sole e all'aria aperta, mentre le principessine stavano a guardare dalla finestra. Il sole brillava, e tutto era così verde e così bello che decisero di uscire ad ogni costo - accadesse poi quel che doveva accadere. Insistettero allora tutte e tre con la sentinella, fecero ogni sorta di moine, la pregarono di lasciarle uscire in giardino: poteva vedere anche lui che bel tempo era, e come era caldo; in una giornata così era impossibile che venisse la neve. Anche a lui non sembrava davvero che ci fosse aria di brutto tempo; se proprio dovevano e volevano uscire che uscissero pure, disse, ma solo per un momentino; sarebbe andato con loro, e avrebbe fatto buona guardia.

Arrivate che furono in giardino corsero in su e in giù e colsero tanto verde e tanti fiori - i più belli che vedevano - fino a riempirsene il grembo. Alla fine non ce la facevano a portarne di più, ma proprio mentre stavano per tornare in casa adocchiarono una grande rosa che spiccava lontana, dall'altra parte del giardino. Era molto più bella di tutto quello che avevano colto: dovevano averla a tutti i costi. Ma mentre stavano chinandosi per prendere la rosa, venne un enorme fiocco di neve, fitto fitto, e sparirono.

Per tutto il paese si diffuse un gran cordoglio, e il re fece leggere un bando davanti a tutte le chiese annunciando che chi fosse riuscito a liberare le principesse avrebbe avuto la metà del regno, la sua corona d'oro, e avrebbe potuto sposare quella che voleva delle tre. Di gente che desiderava guadagnarsi la metà del regno e una principessa per soprammercato ce ne fu parecchia, possiamo bene immaginarcelo; partirono così alla ricerca per tutte le parti del paese persone di alta e bassa condizione; nessuno riuscì però a trovare le figlie del re; e nemmeno ad averne il minimo sentore.

Quando tutte le persone più in vista e più distinte del paese erano già andate in cerca delle principesse, ci furono un capitano e un tenente che pensarono di andar loro a tentar la sorte. Il re li rifornì abbondantemente di oro e di argento, e inoltre augurò buona fortuna per il viaggio. C'era poi un soldato che abitava insieme a sua madre in una capanna, non lontano dalla reggia. Una notte sognò che doveva andare anche lui a cercare le principesse. La mattina si rammentava ancora quello che aveva sognato, e ne parlò alla madre. - Il tuo sogno può essere benissimo opera dei troll, - gli disse la vecchia. - Devi sognare la stessa cosa per tre notti di seguito, altrimenti non vale. Ma le notti seguenti fu lo stesso: il sogno ritornò uguale per due volte: così pensò che doveva andare.

Allora si lavò, indossò la divisa, ed eccolo nella cucina della reggia: gli altri due erano partiti giusto il giorno avanti.

- Torna a casa, - gli disse il sovrano, - le principesse stanno troppo in alto per te. E poi ho tirato già fuori tanto denaro per le spese di viaggio che per oggi non me ne resta più. È meglio che tu torni un altro giorno.

- Se devo andare, voglio andare oggi, - dichiarò il soldato, - di denaro per le spese di viaggio non ne ho bisogno, non voglio aver altro che un po' di grappa nella borraccia e da mangiare nella bisaccia, - disse. Un bel sacco di provviste però dovevano darglielo, tanta carne e tanto lardo quanto ne poteva portare.

Se non voleva altro, quello glielo avrebbero dato. Così si mise in cammino, e non ebbe fatto molte miglia che raggiunse il capitano e il tenente.

- Dove vai? - gli chiese il capitano vedendolo in divisa.

- Devo andare a vedere se mi riesce di trovare le figlie del re, - rispose il soldato.

- Anche noi, - disse il capitano, - dato che dobbiamo fare la stessa cosa possiamo andare insieme: se infatti non le troviamo noi, non sarai certo tu a trovarle, ragazzo mio! - esclamò. Quando ebbero camminato per un po' insieme, il soldato si allontanò dalla strada maestra e prese un sentierino che menava nel bosco.

- Ma dove vuoi andare! - gli gridò il capitano, - è meglio seguire la strada grande, - dichiarò.

- Può darsi, - rispose il soldato, - ma io vado per di qua.

Lui continuò per la sua strada, e visto così gli altri tornarono indietro e andarono per di là anche loro. La strada li condusse lontano lontano e ancora più in là, per grandi pianure boscose e strette valli solitarie. Alla fine si fece un po' più chiaro, e quando furono del tutto fuori del bosco c'era una passerella lunga lunga, e sulla passerella montava la guardia un orso: l'animale si rizzò sulle due zampe posteriori e venne loro incontro come se volesse divorarli.

- E adesso che si fa? - domandò il capitano.

- Dicono che gli orsi vanno matti per la carne, - rispose il soldato gettando all'animale un quarto di bue.

E così se la cavarono. Ma all'altro capo della passerella c'era un leone; l'animale ruggì e venne loro incontro con le fauci spalancate come se volesse ingoiarli.

– Adesso è meglio che facciamo dietro front e torniamo a casa, - propose il capi- tano, - di qui non riusciremo mai a passare vivi.

- Oh, anche quello in fondo non è poi tanto pericoloso, - disse il soldato, - ho sentito dire che i leoni vanno matti per la carne di maiale, e nella bisaccia ho un mezzo maiale -. Poi gettò un prosciutto intero al leone, che si mise a mangiare e a sgranocchiare, e così se la cavarono anche questa volta.

La sera giunsero a una grande fattoria, sfolgorante di luci. Una stanza era più bella dell'altra, e dovunque guardavano qualcosa splendeva e brillava. Ma per la pancia tutto quello splendore non serviva a nulla, questo è certo. Il capitano e il tenente andarono in giro facendo tintinnare il loro denaro, e avrebbero volentieri comprato qualcosa da mangiare, ma non videro anima viva, e neppure trovarono qualcosa da metter sotto i denti. Allora il soldato offrì la carne e la pancetta che aveva messo nella bisaccia. Essi non si mostrarono superbi e non si fecero pregare a lungo, ma presero quello che aveva, come se non avessero mai mangiato in vita loro.

Il giorno dopo, il capitano disse che dovevano andare a caccia per procurarsi da vivere. Vicino alla fattoria c'era una grande foresta, piena di lepri e di uccelli. Il tenente dovette restare a badare alla casa e a cuocere quel che era rimasto delle provviste. Gli altri due intanto spararono a più non posso, e riuscirono a stento a portare a casa tutto quello che avevano preso. Ma quando arrivarono a casa il tenente era così mal ridotto che quasi non riusciva ad aprir la porta.

- Ma che cosa ti è successo? - chiese il capitano. Appena se ne erano andati, raccontò, era arrivato un vecchiettino con una barba lunga lunga che camminava con le stampelle, e gli aveva chiesto con garbo un soldo di elemosina. Non appena lo aveva avuto, però, lo aveva lasciato cadere per terra, e per quanto frugasse dappertutto non era riuscito a trovarlo, vecchio e cadente com'era. - Io ebbi compassione di quel povero vecchio, - raccontò il tenente, - e mi chinai per raccogliere il soldo, ma subito quello non fu più cadente e pieno di acciacchi, e cominciò ad adoperare le sue stampelle su di me, sino a che mi conciò in modo tale che non riuscivo più a muovere né braccia né gambe.

- Dovresti vergognarti, tu, un ufficiale del re, di esserti lasciato bastonare di santa ragione da un vecchio cadente, - esclamò il capitano, - e poi lo racconti anche. Ohibò! Domani resterò a casa io, così se ne sentiranno di ben altre!

Il giorno dopo il tenente e il soldato andarono a caccia e il capitano restò a casa per far da mangiare e sbrigare le altre faccende. Ma se non gli andò peggio non gli andò neppure meglio. Sul tardi arrivò il vecchio a chiedere un soldo di elemosina. Non appena lo ebbe avuto lo lasciò subito cadere: era sparito, non c'era più. Allora chiese aiuto al capitano, e quello non trovò niente di meglio che chinarsi per cercarlo.

Non aveva ancora finito di chinarsi che il vecchio si mise a pestarlo con le stampelle, e ogni volta che il capitano cercava di

105

tirarsi su per picchiarlo a sua volta, si prendeva una legnata da
veder le stelle. Quando gli altri tornarono a casa, la sera, lo
trovarono lungo disteso allo stesso posto, che non riusciva ad aprire
né gli occhi né la bocca.

Il terzo giorno dovette restar a casa il soldato, mentre gli altri due
andavano a caccia. Il capitano gli disse di stare ben attento: - Perché
se no il vecchio ti ammazza certo di botte, - gli disse. - La mia vita
dovrebbe esser appesa a un filo ben sottile per lasciarmela portar
via da un vecchio cadente come quello! - dichiarò il soldato.

Non erano ancora fuori dalla porta che arrivò il vecchietto a
chiedere un'altra volta un soldo di elemosina.

- Di soldi non ne ho mai avuti, - disse il soldato, - ma quando sarà
pronto avrai da mangiare; se dobbiamo far fuoco però dovrai prima
tagliar la legna, - aggiunse.

- Io non lo so fare, - rispose il vecchio. - Se non lo sai fare
imparerai, - dichiarò il soldato, - è presto fatto, vieni con me giù in
legnaia.

Allora tirò fuori un grosso ceppo, vi fece una spaccatura, e vi
piantò dentro un cuneo per allargarla e approfondirla.

- Adesso devi chinarti e fissare attentamente la spaccatura, così
imparerai presto come si spacca la legna, - disse il soldato, - intanto
io penserò a battere e a pestare.

Il vecchio non fu abbastanza furbo da non fare quello che gli era stato detto: si chinò e si mise a guardare fisso fisso il ceppo. Quando il soldato vide che la barba era ben entrata nella spaccatura tolse con un sol colpo il cuneo e pestò di santa ragione il vecchio con il manico dell'ascia, poi, agitandogli l'ascia sulla testa giurò che gli avrebbe spaccato in due il cranio se non gli avesse detto li per li dove si trovavano le figlie del re.

- Risparmiami la vita! Risparmiami la vita e te lo dirò! - gridò il vecchio. - A est della fattoria c'è una grande collina, - prosegui, - lassù in cima dovrai togliere una zolla quadrata: allora vedrai un pesante lastrone di pietra, e sotto c'è una buca profonda. Dovrai calarti li dentro fino a che arriverai in un altro mondo: li abitano le principesse, presso i troll delle montagne. Ma nel calarti giù troverai il buio, e andrai attraverso l'acqua e attraverso il fuoco.

Saputo questo e quant'altro voleva, il soldato con un colpo solo liberò il vecchio dalla trappola; e quello non perse tempo in convenevoli.

Tornati a casa, il capitano e il tenente furono molto stupiti di trovare il soldato vivo. Questi raccontò allora per filo e per segno come era andata, disse dove si trovavano le figlie del re e come avrebbero potuto ritrovarle. I due si rallegrarono come se le avessero già liberate, e dopo essersi rifocillati presero con sé un canestro e tutte le corde e cordicelle che poterono trovare, e poi andarono tutti e tre sulla collina. Per prima cosa tolsero una zolla di terreno, come aveva detto il vecchio, e sotto trovarono un grosso lastrone pesante, ma non tanto pesante che non potessero rivoltarlo. Dovettero poi misurare quanto ci voleva per giungere fino al fondo. Prova e riprova, annodarono corda su corda per due o tre volte, ma non riuscirono a nulla. Alla fine giuntarono insieme tutto quello che avevano, corde grosse e cordicelle sottili, e allora finalmente sentirono di toccare il fondo. Il capitano, naturalmente, volle andare per primo: - Ma quando tiro la corda dovete spicciarvi a tirarmi su, - ordinò. Là in fondo c'era un gran buio, era veramente orribile, ma egli pensò che avrebbe potuto tener duro, solo che le cose non fossero andate peggio. Ma ecco che all'improvviso si sentì intorno alle orecchie degli schizzi d'acqua fredda, e allora si spaventò da morire, e diede uno strappone alla corda. Volle poi tentar la sorte il tenente, ma anche a lui non andò molto meglio. Riuscì, sì, a passare attraverso tutta quell'acqua, ma quando vide sotto di sé una fiammata luminosa fu preso dal terrore, e dovette far dietro front anche lui.

Alla fine si calò il soldato: lui riuscì a passare attraverso l'acqua e attraverso tutto quel caldo sino a che arrivò al fondo. Laggiù era nero come la pece, tanto che non si vedeva a un palmo dal naso. Non si attentò neppure a lasciare andare il canestro, ma continuò a girare su sé stesso a tentoni. Poi gli cadde l'occhio su di un piccolo lumicino lontano lontano, quasi che albeggiasse, e allora si diresse verso di quello. Quando fu avanzato per un po' cominciò a lampeggiargli tutt'intorno, e non passò molto tempo che vide correre per il cielo un sole d'oro, e tutto diventò chiaro e luminoso come nel mondo vero. Dapprima raggiunse un grosso armento di mucche così grasse che luccicavano, e quando lo ebbe oltrepassato giunse a un grande castello rilucente. Prima di incontrare qualcuno attraversò molte stanze.

Alla fine sentì il ronzio di un filatoio, e una volta entrato ecco lì la figlia maggiore del re che stava seduta a fi- lare del filo di rame: tanto la camera che tutto il resto erano di rame rilucente.

- Ma guarda! Da quando in qua dei cristiani arrivano fin qui? - esclamò la principessa. - Disgraziato! E che cosa vuoi?

- Ti voglio liberare e portar via dalla montagna, - rispose il soldato. - Caro mio, vattene! Se torna a casa il troll ti accoppa in un momento. Ha tre teste, - aggiunse.

- Per me può averne anche quattro, - rispose il soldato. - Adesso che son qui ci resto. - Va bene, se proprio sei così ostinato dovrò ben cercare di aiutarti, - disse la principessa. Poi gli consigliò di nascondersi dietro il calderone per fare la birra che stava nell'ingresso: lei intanto avrebbe ricevuto il troll e lo avrebbe spidocchiato fino a farlo addormentare: - Ma quando verrò fuori a chiamar le galline perché vengano a mangiare tutto quello che è caduto dalla sua testa, devi spicciarti a venire, - gli raccomandò. - Prima però va' un po' fuori, e guarda se ti riesce di sollevare la spada che sta sul tavolo.

Ma la spada era troppo pesante; non gli riuscì neppure di smuoverla. Allora per rinforzarsi dovette bere una sorsata dal corno che era appeso dietro la porta del corridoio, e così poté sollevarla un pochino; dopo un'altra sorsata fu capace di tirarla su, e allora si prese una terza sorsata bella grossa e infine riuscì a brandirla come se niente fosse. All'improvviso arrivò il troll, come una ventata, e fece tremare tutto il castello.

- Acci acci! Qui c'è odor di cristianacci! - esclamò.

- Sì, parecchio tempo fa è volato qui un corvo, - rispose la principessa, - aveva nel becco un osso umano e lo ha lasciato cader giù dalla cappa del camino: io l'ho subito buttato via e ho anche spazzato un bel po' per mandar via l'odore, ma si sente ancora.

- Lo sento sì, - disse il troll.

- Ma vieni qui, ti spidocchierò un pochino, - propose la principessa, - così quando ti svegli forse andrà meglio. Il troll acconsentì subito e non passò molto tempo che dormiva tanto sodo che russava. Quando lei si accorse che era addormentato gli mise sotto le teste delle sedie con i cuscinoni di piuma e andò a chiamare le galline. Allora il soldato sgusciò dentro di soppiatto con la spada in mano e gli tagliò tutte e tre le teste con un colpo solo.

La principessa era felice come un fringuello, e lo accompagnò dalle sue sorelle perché potesse liberare anche loro e farle uscire dalla montagna. Prima attraversarono un cortile e poi passarono attraverso una quantità di stanze lunghissime fino a che giunsero a una grande porta. - Puoi entrare, - disse la principessa. - È qui.

Aperta la porta, ecco li un grande salone, dove tutto era di puro argento: nel mezzo era seduta la mezzana delle principesse e stava filando con un filatoio d'argento.

- Disgraziato! - esclamò. - Che cosa vuoi qui?

- Liberarti dal troll, - rispose il soldato.

- Caro mio, vattene subito, - disse la principessa, - se ti trova qui, ti accoppa in un battibaleno!

- È possibile, - rispose il soldato, - a meno che non lo accoppi prima io!

- E va bene, - continuò lei, - se proprio lo vuoi, puoi rimpiattarti dietro il calderone nell'ingresso. Ma devi spicciarti a venire appena senti che chiamo le galline.

Prima però il soldato dovette vedere se poteva sollevare la spada del troll che stava sulla tavola; questa era molto più grande e molto più pesante della prima, e fu appena appena capace di smuoverla. Dopo aver bevuto tre sorsate dal corno riuscì a sollevarla, e dopo altre tre cominciò ad agitarla come se fosse la pala per il pane.

Dopo un po' si sentì un rumore, un fracasso da far paura, e subito entrò un troll con sei teste.

- Acci acci, - esclamò appena messi tutti i suoi nasi dentro la porta, - qui c'è odor di cristianacci!

- Ma sì, pensa un po', poco fa è volato qui un corvo con un femore nel becco, e lo ha fatto cadere giù attraverso la cappa del camino, - rispose la principessa. - Io l'ho gettato subito fuori, ma quello lo ha rigettato dentro. Alla fine sono riuscita a liberarmene e ho anche fatto delle fumate per mandar via l'odore, ma non se ne è andato lo stesso tanto presto, - aggiunse.

- No, lo sento ancora, - rispose il troll.

Ma era stanco e appoggiò le sue teste in grembo alla principessa; lei le spidocchiò sino a che si misero a russare tutte quante, allora chiamò le galline, e così venne il soldato e gli tagliò tutte e sei le teste, come se fossero state su gambi di cavolo.

La seconda principessa non fu meno contenta della prima, possiamo immaginarlo, ma mentre stavano danzando e cantando, sul più bello, si ricordarono della sorella minore, e così accompagnarono il soldato attraverso un grande cortile e attraverso tante, tante stanze sino a che giunsero nel salone d'oro, dalla terza principessa.

Stava seduta, filando con un filatoio d'oro, e dal pavimento al soffitto era tutto un luccichio, da far male agli occhi.

- Disgraziato te e disgraziata me! E che cosa vuoi qui? - chiese la principessa che stava seduta lì. - Va' via, va' via, altrimenti ci ammazza tutti e due.

- Può essere due e può essere uno, - rispose il soldato.

La principessa pianse e pregò, ma non servì a nulla: quello voleva restare, dove- va restare. Bene, se non c'era niente da fare provasse allora a brandire la spada del troll posata sulla tavola nell'ingresso. Ma fu appena appena capace di smuoverla: era molto più grande e più pesante delle altre due, quella spada lì. Allora dovette tirar giù dalla parete il corno e prendere tre sorsate, ma anche così riuscì appena a sollevare un po' la spada: dopo aver bevuto altre tre sorsate poté tirarla su, e dopo altre tre la agitò facilmente, come se fosse una piuma. Allora la principessa prese con il soldato gli stessi accordi delle altre due: quando il troll si fosse addormentato lei avrebbe chiamato dentro le galline, e allora lui avrebbe dovuto esser svelto svelto, entrare e accopparlo.

Sul più bello si sentì un rombo e uno strepito, come se le pareti e il tetto dovessero crollare.

- Acci acci! Qui c'è odor di cristianacci! - esclamò il troll annusando con tutti i suoi nove nasi.

- Ma sì, certo non hai mai veduto una cosa del genere; poco fa volò fin qui un corvo che lasciò cadere un osso umano attraverso la cappa del camino: io lo gettai subito fuori, ma quello lo rigettò dentro, e continuammo così un bel po' avanti e indietro, - disse la principessa. Alla fine, concluse, era riuscita a seppellirlo, e poi aveva spazzato per bene e fatto fumate, ma un po' dell'odore restava sempre.

- Si, lo sento bene, - disse il troll.

- Vieni qui a riposare sul mio grembo, io ti spidocchierò per benino, così forse quando avrai dormito tutto andrà bene. Lui fece così, e quando si mise a russare a più non posso la ragazza gli mise sotto le teste sgabelli e cuscini di piuma, così si poté muovere, e cominciò a chiamare le galline. Allora il soldato balzò in piedi e calò un tal colpo sul troll che otto teste ruzzolarono giù, tutte in una volta: la spada era troppo corta per arrivare più in là.

La nona testa allora si svegliò e cominciò a urlare: - Acci acci, sento odor di cristianacci!

- Si, eccolo qui il cristiano, - rispose il soldato, e prima che il troll riuscisse ad alzarsi e potesse afferrare qualcosa il giovane calò un secondo colpo, e così anche l'ultima testa ruzzolò giù.

Allora si che le principesse poterono esser felici, poiché non erano più costrette a restar lì a spidocchiare tutte le teste dei troll: non sapevano nemmeno loro cosa fare per il loro liberatore: la più giovane si tolse allora l'anello d'oro e glielo legò nei capelli. Poi raccolsero tanto oro e tanto argento quanto pensavano di poterne portare e si incamminarono per ritornare a casa.

Non appena scossero la corda, il capitano e il tenente tirarono su le principesse, una dopo l'altra. Non appena furono arrivate in cima, il soldato pensò che era stato ben stupido a non sedersi lui per primo nel cesto, per farsi tirar su prima delle principesse: dei suoi compagni non si fidava che fino a un certo punto. Per metterli alla prova mise nel cesto un grosso pezzo d'oro, e poi si mise da una parte. Quelli lo tirarono su fino a metà, e poi tagliarono la corda, e così il cesto precipitò dentro alla montagna, e i pezzi gli schizzarono sul viso. - Adesso ce lo siamo levato di torno, - dissero quelli. Poi minacciarono di morte le principesse se non avessero dichiarato che erano stati loro a liberarle dai troll. Quelle non volevano saperne, specialmente la più giovane, ma perder la vita è duro, e così con la forza i due ottennero quel che volevano.

Quando dunque il capitano e il tenente tornarono a casa con le principesse, alla reggia si fece gran festa. Il re era così felice che non sapeva su quale piede stare; tirò fuori dall'armadio la migliore bottiglia di vino che aveva e versò da bere ai due in segno di benvenuto: se prima non erano stati trattati con tutti gli onori, lo furono ora, potete crederlo. E quelli andavano in giro tutto il santo giorno, facendo la ruota, come gran signori: adesso avrebbero avuto per suocero il re in persona, era chiaro; si sarebbero presa una principessa per ciascuno, a scelta, e si sarebbero divisa la metà del regno. Tutti e due avrebbero voluto la più giovane delle principesse, ma per quanto la pregassero e la minacciassero non servì a nulla: lei non ne volle sapere. Allora parlarono con il re, e gli chiesero di poterle mettere in- torno dodici uomini di guardia: da quando era stata dentro la montagna era sempre così melanconica - dissero - che avevano paura che facesse qualche sciocchezza. Furono subito accontentati, e il re in persona ordinò ai soldati di guardia di sorvegliarla per bene e di seguirla dappertutto.

Oramai era tempo di allestire il banchetto per le altre due, di far fermentare la birra e di infornare: doveva essere uno sposalizio come non se ne era mai visto o sentito l'uguale: continuavano a fare il malto, a infornare e a macellare, che sembrava non dovessero finire mai più.

Il soldato intanto si aggirava giù in quell'altro mondo. Gli sembrava duro non potere più vedere nessuno, nemmeno la luce del giorno, ma qualcosa - pensava - doveva ben fare, e così girellò da una stanza all'altra per un giorno, per due e per altri ancora, aprì armadi e cassetti, frugò negli scaffali e osservò tutti gli oggetti rilucenti che vi erano conservati. Alla fine arrivò davanti al tiretto di un canterano; lo aprì e dentro trovò una chiave d'oro. Provò allora quella chiave in tutte le serra- ture che c'erano, ma nessuna andava bene, fino a che arrivò ad un piccolo armadio appeso sopra il letto; dentro ci trovò un vecchio fischietto arrugginito.

« Son curioso di vedere se suona », pensò mettendoselo in bocca. Prima che avesse tempo di riflettere si senti ronzare e frusciare da tutte le parti, e contemporaneamente calò giù uno stormo di uccelli, tanto grande che tutto il terreno fu subito nero.

- Che cosa comanda oggi il nostro padrone? - gli chiesero.

Se il padrone era lui, disse il soldato, voleva un po' sentire se erano capaci di dargli un buon consiglio per riuscire a tornare su sulla terra.

No, nessuno ne era capace; - ma non è ancora venuta nostra madre, - dissero, -se non ti può aiutare lei, non c'è nulla , da fare.

Allora lui soffiò una seconda volta nel fischietto, e dopo un po' sentì come delle ali battere lontano lontano, e intanto cominciò a tirare un vento così forte che egli fu scaraventato tra le case come una manciata di fieno sull'aia, e se non si fosse attaccato alla siepe il turbine se lo sarebbe portato via in un colpo. Intanto gli piombò davanti un'aquila, così, enorme che non ce n'era l'uguale.

- Con che energia vieni! - le disse il soldato.

- Vengo come suoni, - rispose l'aquila. Allora lui le chiese se poteva dargli un consiglio per tornare su e lasciare quel mondo li. - Da qui uno può andarsene solo a volo, - rispose l'aquila, - ma se tu mi ammazzi dodici buoi, così da farmi saziare, cercherò di darti aiuto. Hai un coltello?

- No, ma ho una spada, - rispose il soldato.

Una volta ingoiati tutti e dodici i buoi, l'aquila lo pregò di ammazzarne ancora uno, da portare come provvista di viaggio. - Ogni volta che apro il becco devi esser pronto a ficcarmici dentro un pezzo, - disse, - altrimenti non ce la faccio a volare così in alto con te in spalla. Il soldato fece dunque come lei gli aveva detto, le appese al collo due grossi sacchi pieni di carne e si ficcò poi lui stesso tra le penne. Allora l'aquila agitò le ali e si mossero, veloci come il vento, così da far rintronare l'aria. Seduto sull'aquila, lui aveva il suo bel daffare a tenersi stretto: riusciva appena appena a gettarle i pezzi di carne nel becco, ogni volta che lo spalancava. Alla fine cominciò a farsi luce sopra di loro; per un momento sembrò che l'aquila stesse per cadere e agitò le ali, ma il soldato fu pronto ad afferrare l'ultimo quarto di bue e a gettarglielo nel becco. Essa così riprese allora forza, e riuscì ad arrivare fin su con lui in groppa. Dopo essersi fermata un po' a riposare sulla cima di un grande abete si rimise di nuovo in viag- gio, e dove passavano era tutto un lampeggiare, sia sul mare che sulla terra. Il soldato smontò vicino alla fattoria del re, e l'aquila se ne rivolò a casa, ma prima gli disse che se voleva qualcosa non aveva che da soffiare nel fischietto, che sarebbe tornata subito.

Intanto alla reggia avevano finito i preparativi, e si avvicinava il momento delle nozze del capitano e del tenente con le due principesse più grandi. Ma anche loro non erano molto più allegre della sorella minore; non passava giorno senza che si lamentassero e piangessero, e più si avvicinava il giorno delle nozze più si rattristavano.

Alla fine il re chiese che cosa avessero: gli sembrava ben strano che non fossero allegre e contente adesso che erano state liberate e avrebbero fatto un così bel matrimonio. Qualcosa dovevano pur rispondere, e allora la maggiore disse che non avrebbero potuto più esser felici se prima non avessero avuto una scacchiera come quella che avevano nella montagna azzurra. Se era per quello - pensò il re - avrebbe ben potuto procurarne una, e perciò mandò a dire a tutti i più bravi e i più abili orafi del paese di fabbricare per le principesse una scacchiera come quella.

Prova e riprova, nessuno riuscì però a fabbricare una scacchiera come quella.

Alla fine non rimaneva che un orafo, un vecchietto malandato che da anni non aveva fatto un lavoro come si conviene, ma solo lavoricchiato un po' l'argento, quel tanto che gli bastava per vivere. Allora il soldato andò da lui e gli chiese di imparare il mestiere:

quello fu tanto contento di poter accogliere un garzone, erano anni che non ne aveva, che tirò fuori da un cassone una bottiglia piena di acquavite e si mise a bere insieme al soldato. Non passò molto che l'acquavite gli montò alla testa, e quando l'altro se ne accorse gli propose di andare dal re a offrirsi di fare lui la scacchiera per le principesse. Quello non se lo fece dire due volte: ai suoi tempi, aveva fatto lavori ben più importanti e più belli, dichiarò.

Quando il re sentì che fuori c'era un tale pronto a fare la scacchiera venne subito fuori di corsa.

- È vero, come dicono, che sei capace di fare una scacchiera come quella che vogliono le mie figliole? - chiese.

- Certo, - rispose l'orefice: era proprio così.

- Va bene, - continuò allora il re, - eccoti l'oro, ma se non sarai capace di lavorarlo ne andrà di mezzo la tua vita, dato che sei stato tu stesso a offrirti -. La scacchiera avrebbe dovuto esser pronta in tre giorni. Il mattino dopo, una volta smaltiti nel sonno i fumi del vino, l'orafo non era più tanto sicuro di sé. Si mise a piangere e a lamentarsi e se la prese con il suo garzone che gli aveva fatto combinare un bel guaio, nei fumi della sbornia. La cosa migliore - disse - era di farla subito finita con la vita, tanto non avrebbe potuto conservarla davvero: se gli orafi migliori e più famosi non erano capaci di fare un lavoro come quello, non era davvero possibile che ci riuscisse proprio lui.

- Non ci stare a pensare, dammi l'oro invece, - disse il soldato, - alla scacchiera penserò io; voglio però avere una stanza tutta per me, dove lavorare, - aggiunse. Quello gliela diede subito, e per di più lo ringraziò.

Ma aspetta aspetta, il ragazzo non faceva nulla, solo perdeva tempo, e l'orafo an- dava su e giù brontolando perché non si decideva mai a mettersi al lavoro. - Di questo tu non devi preoccuparti, - disse il soldato, - c'è ancora molto tempo prima della scadenza. Se non sei contento di quel che ti ho detto puoi fare il lavoro da te.

Le cose non cambiarono per tutto quel giorno e per il seguente, e quando anche l'ultimo giorno l'orafo non sentì venire dalla stanza nessun rumore né di martello né di lima perse ogni speranza: ormai, secondo lui, era spacciato.

Calata la notte, il soldato aperse la finestra e soffiò nel suo fischietto.

Allora venne l'aquila, e gli chiese che cosa voleva.

- La scacchiera d'oro che le principesse avevano nella montagna azzurra, - rispose il soldato. - Ma prima non vuoi avere qualcosa da mangiare? Là nel fienile ho in serbo per te due buoi interi, puoi prenderteli, - continuò. Dopo esserseli messi in pancia, l'aquila non perse tempo per la strada, e prima che sorgesse il sole eccola lì di ritorno con la scacchiera: il soldato la sistemò sotto il letto e si mise a dormire.

La mattina dopo, prestissimo, l'orafo venne a bussare violentemente alla sua porta.

- Quanto ti dai da fare a correre su e giù, - gli disse il soldato. - Vai in giro come un pazzo per tutto il santo giorno, e adesso non si può nemmeno più dormire; non è possibile fare il garzone qui da te! - brontolò.

Ma quella volta non valsero né ordini né preghiere, l'orafo voleva entrare a tutti i costi, e alla fine riuscì a sollevare il chiavistello. Allora si che smise di lamentarsi!

Ma quando arrivò alla reggia con la scacchiera le principesse furono ancora più contente di lui; la più contenta di tutte fu la più giovane.

- Sei stato proprio tu a fare questo giuoco? - gli chiese.

- No, a dir la verità non sono stato io, - rispose, - è stato il garzone che ho a bot- tega.

- Avrei voglia di vederlo, - disse la principessa.

Lo volevano proprio vedere tutte e tre: doveva assolutamente venire, se teneva alla sua vita. Lui non aveva paura né delle donne né dei potenti, dichiarò il soldato, e se avevano voglia di vedere i suoi stracci potevano bene essere accontentate. La più giovane delle principesse lo riconobbe subito, e, spinte da una parte le sentinelle, corse verso di lui e gli porse la mano dicendo: - Buongiorno e grazie!

- Ecco quello che ci ha liberato dai troll dentro la montagna, - disse al re, - è lui che voglio! - Poi gli tirò indietro il berretto e fece vedere l'anello che gli aveva legato tra i capelli. Allora saltò fuori come si erano comportati il capitano e il tenente, e tutti e due dovettero pagare con la vita: avevano finito di fare i signori! Il soldato invece si ebbe la corona e una metà del regno e si festeggiò il suo matrimonio con la più giovane delle principesse. Allora bevvero a più non posso e sì dettero alla pazza gioia, perché di darsi alla pazza gioia erano capaci tutti, anche se non tutti erano stati capaci di liberare le principesse: se non hanno finito, sono certamente ancora là che bevono e si danno alla pazza gioia.

Il Cavaliere Verde

C'era una volta un re che era vedovo e che aveva un'unica figliola. Ma un vecchio proverbio dice che il dolore del vedovo è come un gomito battuto: fa molto male, ma passa presto; il re infatti si risposò con una regina che aveva due figlie. Questa regina non era migliore di quanto sogliano essere le matrigne: con la figliastra era sempre cattiva e maligna.

Dopo molti anni, quando le principesse erano cresciute, scoppiò una guerra, e il re dovette andare a combattere per le sue terre e per il suo regno. Le tre figlie ebbero il permesso di dire che cosa il padre avrebbe dovuto portar loro se avesse vinto il nemico. Le figliastre dovettero esser le prime a dire che cosa desideravano, si capisce. La prima chiese così un arcolaio d'oro, tanto grande da poter stare su di una moneta d'argento da otto scellini, l'altra chiese un melo d'oro, così grande da poter stare su di una moneta d'argento da otto scellini. Questi erano i loro desideri, ma non pensavano davvero di servirsene né per mangiare né per filare. Ma la figlia del re disse al padre solamente di salutare da parte sua il Cavaliere Verde. Il re andò in guerra e, come fu come non fu, vinse lui, e, come fu come non fu, comprò quello che aveva promesso alle figliastre: cosa avesse chiesto la sua propria figliola se lo era completamente dimenticato. Dette poi un gran banchetto, perché aveva vinto. Là vide il Cavaliere Verde; allora gli tornò in mente la promessa, e andò a salutarlo da parte di sua figlia. Il cavaliere ringraziò del saluto e gli diede un libro che sembrava di preghiere, chiuso con un lucchetto. Il re doveva prenderlo e portarlo alla ragazza, ma senza aprirlo, e anche lei non avrebbe dovuto aprirlo che quando fosse stata sola. Finita la guerra e tutti i festeggiamenti per la vittoria il re tornò a casa, e non era quasi entrato dalla porta che le figliastre lo cir- condarono chiedendogli quello che aveva promesso di comprare. Si, lui aveva por- tato tutto. Ma la figlia si tenne in disparte e non domandò nulla, e anche il re si ri- cordò della commissione solo al momento di uscire: indossato il vestito che aveva il giorno del banchetto, mise la mano in tasca per prendere il fazzoletto, e allora sentì il libro. Così glielo diede, dicendo che doveva offrirglielo con i saluti del Cavaliere Verde: lei però non avrebbe dovuto aprirlo che quando fosse stata sola. La sera, quando fu sola nella sua cameretta, la ragazza aprì il libro, e subito risuonò una melodia bella come non ne aveva sentito mai, e poi venne il Cavaliere Verde. Il libro era fatto in modo, le spiegò, che quando lo avesse aperto lui sarebbe venuto, dovunque lei si trovasse, e quando lei lo avesse richiuso sarebbe scomparso immediatamente.

La sera dunque la fanciulla sovente apriva il libro, quando era sola e tranquilla, e il cavaliere veniva sempre e stava li con lei spesso e volentieri. Ma la matrigna ficcava il naso dappertutto, e così si accorse che c'era qualcuno in camera della ragazza: non mise davvero tempo in mezzo ad andarlo a raccontare al re. Lui non ci voleva credere: bisognava sincerarsi se era proprio vero, prima di accusare la ragazza e prendersela con lei per cose del genere. Una sera si misero in ascolto fuori della porta e sentirono chiaramente parlare dentro la camera. Quando entrarono però non c'era nessuno.

- Con chi parlavi? - chiese la matrigna in tono rude e arcigno.

- Non c'era nessuno, - rispose la principessa.

- Si, invece, io ho sentito chiaramente, - replicò quella.

- Stavo solo qui coricata, leggendo nel mio libro di preghiere.

- Fammelo vedere, - disse la regina.

Si, quello era solo un libro di preghiere, e la principessa poteva ben leggerlo quanto voleva, dichiarò il re. Ma la matrigna rimase della sua idea, e così aperse un buco nella parete e si mise a spiarla. Una sera, sentendo che nella camera c'era il Cavaliere Verde, si precipitò come una ventata dalla figliastra ma quella non mise tempo in mezzo a chiudere il libro, e così il cavaliere scomparve in un battibaleno. Ma per rapida che fosse stata la matrigna era riuscita lo stesso a intravederlo, e così fu sicura che lì c'era stato qualcuno.

Il re dovette poi partire per un lungo viaggio, e intanto la regina scavò una pro- fonda buca in terra: ci fece poi costruire una casa, ma nelle pareti mise del veleno per topi e degli altri tossici, così che non potesse entrarci nemmeno un topolino. Il capomastro fu pagato per bene e promise che avrebbe lasciato il paese, ma invece se ne restò tranquillamente a casa sua. Li dentro fu messa la figlia del re con la sua ancella, poi murarono il corridoio così che rimase solo una piccola apertura in cima, di dove potevano mandarle giù il mangiare. La fanciulla rimase lì triste e sconsolata e il tempo le sembrava lungo, più che lungo; si accorse però di avere con sé il libro, e allora lo prese e lo aperse. Per prima cosa sentì la stessa piacevole melodia delle altre volte, poi un suono triste e lamentoso, ed ecco che arrivò il Cavaliere Verde. - Son mezzo morto, - le disse, e raccontò che la matrigna aveva messo il veleno nelle pareti: non sapeva se sarebbe potuto uscire di là vivo. Quando poi dovette chiudere il libro, la fanciulla risentì lo stesso suono triste e lamentoso. Ma l'ancella che era con lei aveva un innamorato, e riuscì a fargli dire di andare dal capomastro per pregarlo di allargare il buco, in modo che loro due potessero sgattaiolar via attraverso di esso: la principessa lo avrebbe ricompensato in modo tale che avrebbe avuto di che vivere sino alla fine dei suoi giorni. Quello lo fece subito. La principessa e l'ancella riuscirono così a uscire e andarono lontano lontano in paesi stranieri, e dovunque arrivavano chiedevano del Cavaliere Verde. Cammina cammina, arrivarono a un castello tutto coperto di nero, e mentre sta- vano passandoci davanti, capitò loro addosso un acquazzone fenomenale;

allora la principessa si rifugiò nel loggiato intorno alla chiesa per aspettare la fine di tutta quella pioggia. Mentre stavano li, arrivarono un giovanotto e un vecchio che volevano ripararsi anche loro dalla pioggia, ma la principessa si rifugiò nell'angolo e così non la videro.

- Perché mai quel castello è coperto di nero? - chiese il giovane.

- Non lo sai? - disse il vecchio. - Sta per morire il principe che abita li, quello che chiamavano il Cavaliere Verde -. E così gli raccontò come erano andate le cose. Sentendo quello che era successo al principe, il giovane chiese se non c'era nessuno che potesse guarirlo. - No, non c'è che un unico rimedio, - rispose l'altro, - bisognerebbe che venisse la ragazza che abitava nella casa sottoterra e cogliesse nel prato le erbe medicamentose, le facesse bollire nel latte e lo lavasse tre volte con quel decotto. Elencò poi tutte le erbe necessarie per guarirlo. Lei stava a sentire, ed era veramente tutta orecchi. Finito di piovere, i due se ne andarono, e anche lei non rimase li a lungo. Tornate nella casa dove avevano preso alloggio, la principessa e l'ancella dovettero uscire subito di nuovo per cercare tutte le diverse erbe nei campi e nel bosco, e raccolsero e racimolarono per giorni e giorni tutte le erbe che dovevano far bollire. Poi la principessa si comprò un cappello e un vestito da dottore, andò su dal re e si offerse di guarire il principe.

Non avrebbe potuto farci nulla, dichiarò il re, c'erano stati tanti che avevano provato, ma ogni volta era stato peggio invece che meglio. Lei non si arrese, anzi, assicurò che sarebbe guarito, presto e bene. Quando era così, poteva pure provare. Lei allora andò in camera del Cavaliere Verde e lo lavò una prima volta. Quando tornò il giorno dopo lui poteva già star seduto sul letto, il terzo giorno era capace di fare qualche passo, e il quarto era sano come un pesce. Poteva benissimo an- dare a caccia, dichiarò il dottore. Il re adesso era entusiasta di quel dottore, come l'uccello è entusiasta della luce. Ma il dottore volle tornarsene a casa. Appena arrivata, la principessa buttò via il vestito e il cappello, si fece bella e preparò un buon pranzo, poi aperse il libro. Si sentì la stessa melodia gioiosa di prima, e arrivò subito il Cavaliere Verde, che si stupì di trovarla lì. Ma lei gli raccontò allora come erano andate le cose, e dopo che ebbero mangiato e bevuto lui la portò su al castello e raccontò tutto al re per filo e per segno. Si celebrarono così le nozze con grandi festeggiamenti e baldorie, e quando ebbero finito tornarono a casa. Grande fu la felicità del padre nel rivederla. Ma la matrigna fu presa e fatta rotolare in una botte chiodata.

La Rana Stregata

'era una volta un contadino come ce ne sono tanti. Aveva tre figli ma sua moglie era morta da molto tempo. Quando i due maggiori furono cresciuti, un giorno andarono dal padre e chiesero il permesso di partire a cercare moglie. Il contadino rispose: "Non sta bene che andiate a cercare moglie se prima non avete tentato la sorte nel mondo. Io vorrei sapere chi sa guadagnarsi la migliore tovaglia da stendere in tavola la sera di Natale." Questa proposta piacque molto ai due fratelli e così decisero di andare per il mondo a vedere chi sapeva guadagnarsi la migliore tovaglia. Quando si salutarono, il contadino diede a ciascuno tre piastre e disse che sarebbero servite loro per mangiare finché non avessero trovato lavoro. Quando i due fratelli maggiori stavano per lasciare la casa, il più giovane andò dal padre e chiese il permesso di partire a cercare fortuna. Il padre non voleva saperne e rispose: "Povero piccolo, non penserai che ci sia qualcuno che vuole averti a servizio. È meglio che tu stia a casa accanto al focolare. Quello è il posto per te." Ma il ragazzo insisteva: "Padre" disse, "lascia che vada anch'io! Nessuno sa come la fortuna può cambiare. Forse nel mondo mi andrà bene, sebbene io sia piccolo e peggiore dei miei fratelli." A sentire quelle parole il vecchio pensò: "Be', può essere un bene togliermelo di torno per un po'. Qui a casa non dà alcun aiuto e sicuramente tornerà prima che il bosco diventi verde."

Il giovane ebbe quindi il permesso di andare con i fratelli e ottenne dal padre tre piastre per mangiare durante il viaggio. Così i figli del contadino si misero in viaggio e camminarono tutto il giorno. Verso sera giunsero a una taverna che si trovava sulla strada, dove era riunito un gran numero di viandanti e di altri ospiti. E qui i due maggiori si sedettero, mangiarono e bevvero e giocarono e si divertirono, mentre il più giovane si appartò in un angolo e non volle partecipare ai bagordi. Quando i fratelli ebbero terminato il danaro discussero su come continuare a gozzovigliare. Allora andarono dal più giovane e pretesero le sue tre piastre: lui non poteva fare altro che andarsene a casa quanto prima. Ma il giovane non voleva. Allora i due fratelli lo aggredirono malmenandolo e picchiandolo, gli rubarono il danaro e lo cacciarono dalla locanda. Poi sedettero a mangiare e bere come prima. Il povero ragazzo scappò nella notte buia, non sapendo dove andare, e si perse nel bosco. Alla fine non ce la faceva più e si sedette su un mucchio di terra, piangendo amaramente, finché non si addormentò per la stanchezza. Al mattino presto il ragazzo si svegliò e si mise nuovamente in viaggio. Ora attraversò montagne e profonde valli e non chiedeva dove portasse la strada, purché lo allontanasse dai suoi fratelli. Dopo aver vagato a lungo, trovò alla fine un sentiero verde che portava a una fattoria così grande che gli sembrò non potesse essere altro che una reggia. Il ragazzo non ci pensò due volte, entrò e attraversò molte belle sale, una più sontuosa dell'altra. Ma sembrava non ci fosse anima viva. Alla fine giunse in una sala che era molto più sontuosa delle altre, ma sul trono sedeva una rana che era più nera della terra più nera: era così brutta che il ragazzo quasi non riusciva a guardarla. La rana chiese chi era e per quale motivo fosse venuto: "Sono solo il figlio di un povero contadino e me ne sono andato per il mondo a cercar servizio" rispose lui. "Non ti piacerebbe rimanere da me?" domandò allora la rana. "Ho proprio bisogno di un servitore." Certo, il ragazzo accettò. "Benvenuto allora!" rispose la rana. "Se mi sarai fedele farai la tua fortuna." Si accordarono su tutto e il ragazzo assicurò che la fedeltà non sarebbe mancata, purché la padrona non pretendesse più di ciò che lui era in grado di fare. Ora la seguì nel giardino fuori della reggia e giunsero nei pressi di un grosso cespuglio, di un tipo che il giovane non aveva mai visto. "Questo sarà il tuo compito" disse la rana, "taglierai un ramo di questo cespuglio ogni giorno che il sole è in cielo. Devi farlo la domenica come il lunedì, il giorno di Natale come quello di mezza estate, ma non devi tagliare più di un ramo." Il giovane promise di fare tutto come gli era stato detto. Poi la rana lo portò in una stanza sotto il tetto e disse: "Qui vivrai d'ora in poi. Su questo tavolo troverai sempre cibo e bevande quando vorrai mangiare. Questo letto sarà pronto quando avrai voglia di riposare, e avrai in tutto la tua libertà. Sii solo fedele nel tuo compito." Detto questo si separarono e la rana saltellò via. Allora il ragazzo prese il suo coltello, scese in giardino e tagliò un ramo dal cespuglio e per il resto del giorno fu libero. Il mattino dopo fece lo stesso, il terzo giorno anche e così per tutto l'anno. Alla reggia se la passava bene e aveva tutto ciò che poteva desiderare, ma il tempo gli sembrava lungo, i giorni passavano tutti uguali e lui non vedeva né sentiva mai nessuno. Quando l'anno terminò e il giovane ebbe tagliato l'ultimo ramo dal cespuglio, la rana arrivò saltellando, lo ringraziò per il suo fedele servizio e gli chiese quale ricompensa desiderasse. Il ragazzo rispose che gli era sembrato di aver fatto poco per ricevere una ricompensa, ma che avrebbe accettato ciò che la sua padrona avesse voluto dargli. Allora la rana disse: "Io so bene che ricompensa desideri. I tuoi fratelli sono in giro per conquistare tovaglie da stendere sulla tavola di vostro padre la sera di Natale. Io ti darò una tovaglia di cui loro non troveranno mai l'uguale, anche se cercassero attraverso dodici regni." E detto questo gli diede una tovaglia che era più bianca della neve e così bella che mai nessuno ne aveva vista una uguale. Il ragazzo fu estremamente contento, ringraziò per il dono con molte cortesi parole, poi si congedò dalla sua padrona e pieno di entusiasmo si preparò a tornare a casa dal padre. Camminò tutto il giorno senza incontrare nessuno. Quando venne la sera vide una luce e si diresse da quella parte per trovare asilo per la notte. Allora si ritrovò nella stessa locanda dove si era separato dai suoi fratelli, e quando vi arrivò, i figli del contadino erano lì dentro, mangiavano e bevevano e si divertivano. Poiché il ragazzo era incapace di ricordare a lungo i torti subiti, fu contento di incontrare i fratelli e li salutò amorevolmente. Poi chiese incuriosito come fossero andate le cose dall'ultima volta che si erano visti, se fossero riusciti a guadagnarsi una tovaglia da stendere sul tavolo del padre la sera di Natale. I fratelli annuirono e risposero che tutto era andato bene. Mostrarono ciascuno la sua tovaglia, ma erano lise e strappate. "Aspettate" disse il ragazzo, "e vedrete ben altro." Detto questo, aprì la tovaglia avuta dalla rana e tutti gli ospiti della locanda non finivano di stupirsi del meraviglioso tessuto. Ma ai figli del contadino non piaceva che il fratello minore avesse un oggetto così prezioso, perciò gli tolsero la bella tovaglia con la violenza, dandogli in cambio i loro vecchi stracci. Poi i tre fratelli tornarono a casa dal padre. Quando arrivò la sera di Natale, i ragazzi apparecchiarono con la loro tovaglia. Il vecchio era molto contento e non smetteva di lodare la loro fortuna. Anche i figli iniziarono a lodare se stessi, dilungandosi a raccontare tutte le imprese che avevano compiuto. Solo il più giovane rimase in silenzio e non disse niente, tanto nessuno lo avrebbe ascoltato, qualsiasi cosa avesse raccontato. Passato il Natale, i fratelli un giorno andarono nuovamente dal padre a chiedere il permesso di partire per cercare moglie, ma il contadino rispose come la prima volta: "Non sta bene che andiate a cercare moglie se prima non avete tentato la sorte nel mondo. Io vorrei sapere chi sa guadagnarsi il più bel boccale da mettere in tavola la sera di Natale." Questa proposta piacque ai fratelli, e così decisero di andare a tentare la fortuna. Al momento della partenza, il contadino diede a ciascuno tre piastre dicendo che sarebbero servite loro per mangiare finché non avessero trovato servizio. Quando i due figli maggiori stavano per lasciare la casa, anche il più giovane si recò dal padre a chiedere il permesso di partire a cercar fortuna. Il padre rispose come la prima volta, ma il ragazzo era deciso e alla fine ottenne anche lui tre piastre per mangiare durante il viaggio. Così i figli del contadino si misero in viaggio e camminarono tutto il giorno. Verso sera giunsero alla taverna che si trovava sulla strada, dove era riunito un gran numero di viandanti e di altri ospiti. I due maggiori si sedettero a mangiare e bere e giocare e divertirsi in ogni modo, mentre il più giovane si appartò in un angolo e non volle partecipare. Quando i due fratelli ebbero terminato il danaro discussero su come continuare a gozzovigliare e trovarono anche stavolta la soluzione: andarono dal più giovane e gli ordinarono di consegnar loro le sue tre piastre, lui faceva bene a tornarsene a casa. Il ragazzo non voleva e così i fratelli lo aggredirono malmenandolo e picchiandolo, gli rubarono il danaro e lo cacciarono dalla locanda. Poi sedettero a mangiare e bere come prima. Il povero ragazzo scappò e nella notte buia non sapeva dove andare. Alla fine non ce la faceva più e si sedette su un mucchio di terra e pianse amaramente, finché non si addormentò per la stanchezza Al mattino si svegliò e cominciò di nuovo a camminare. Dopo aver vagato un bel pezzo ritrovò alla fine il sentiero verde e quando riconobbe la reggia fu estremamente felice e non ci pensò due volte, si fece coraggio e si presentò alla sua vecchia padrona, che sedeva sul trono. Quando la rana lo vide, rispose gentile al suo saluto e chiese il perché della sua visita. Lui disse che era venuto per entrare a servizio. La rana gli diede il benvenuto, perché aveva bisogno di un garzone, e se l'avesse servita fedelmente la sua ricompensa non sarebbe stata piccola. Poi prese un fascio di fili, li porse al giovane e disse: "Questo sarà il tuo compito: legherai un filo a ogni ramo del cespuglio che tagliasti l'anno scorso. Devi legarne uno ogni giorno che il sole è in cielo, e devi farlo la domenica come il lunedì, il giorno di Natale come quello di mezza estate, ma attenzione: non devi mai legare più di un filo alla volta." Il giovane promise che avrebbe fatto come gli era stato detto, poi la rana lo portò in una stanza sotto il tetto e disse che avrebbe abitato lì. Detto questo si separarono. Il ragazzo prese un filo, scese in giardino e lo legò a uno dei rami tagliati l'anno precedente e così fece ogni mattina per tutto l'anno. Visse ora nello splendore e nell'abbondanza, ma il tempo gli sembrava lungo, perché i giorni passavano uno uguale all'altro senza che lui vedesse né sentisse mai anima viva. Quando l'anno terminò e il giovane ebbe legato l'ultimo ramo del cespuglio, la rana arrivò saltellando, lo ringraziò per il fedele servizio e gli chiese quale ricompensa desiderasse. Il ragazzo rispose che gli era sembrato di aver fatto poco per ricevere una ricompensa, ma che avrebbe accettato ciò che la sua padrona avesse voluto dargli. "Io so bene" disse la rana, "che ricompensa desideri! I tuoi fratelli L sono in giro per conquistare boccali da mettere sulla tavola di vostro padre la sera di Natale. Io ti darò un boccale di cui loro non troveranno mai l'uguale, anche se cercassero attraverso dodici regni." Con queste parole gli diede un boccale d'argento dorato dentro e fuori. Tredici mastri vi avevano posto il loro punzone e il lavoro era così ben fatto che non se ne trovava uno simile, nemmeno cercando in dodici regni. Il giovane ringraziò per il prezioso regalo, si congedò cortesemente dalla sua padrona e iniziò il viaggio verso casa con il cuore pieno di gioia.

La sera giunse alla taverna. Non aveva pensato di fermarsi, ma c'erano delle rapide e non poteva fare un'altra strada e per di più era stanco e doveva cercarsi un posto per la notte. Quando entrò, nella sala c'erano i suoi fratelli, proprio come li aveva lasciati l'ultima volta. Poiché non portava rancore per il torto subito fu molto contento di incontrarli e li salutò amorevolmente. Poi chiese notizie su come fossero andate le cose e se fossero riusciti a guadagnarsi un boccale da mettere sulla tavola del padre la sera di Natale. I fratelli risposero che le cose erano andate bene e mostrarono poi ciascuno il suo boccale: ma erano vecchi e miseri. "Aspettate e vedrete ben altro" disse il ragazzo, e tirò fuori il boccale che aveva avuto dalla rana, e tutti pensavano fosse un pezzo molto prezioso. I fratelli, invidiosi che il minore avesse un oggetto così prezioso, esclamarono: "Non è corretto che tu, corvaccio, abbia un tale tesoro! Devi darlo a noi che siamo più grandi e migliori di te." Così dicendo gli tolsero il bel boccale e gli diedero i loro, e visto che il ragazzo aveva già imparato a sue spese che "non è bene lottare con i più forti" , dovette accettare la situazione. Tornarono a casa dal padre e ci si può immaginare quale fu la sua gioia quando, la sera di Natale, vide sul suo tavolo il prezioso boccale. I maggiori cominciarono a lodare se stessi e le loro imprese. Il più giovane invece era addolorato e taciturno, né gli sarebbe servito parlare perché nessuno lo ascoltava o gli credeva quando diceva qualcosa. Una volta passato il Natale, i due fratelli maggiori andarono dal padre e chiesero il permesso di partire per cercar moglie. Il contadino accettò volentieri, perché pensava che i suoi figli fossero ormai adulti e pronti a quel passo. "Mi farà molto piacere" concluse, "vedere chi porterà in paese la sposa più bella quando verrà la sera di Natale." I fratelli promisero di fare del loro meglio. Quando si salutarono il contadino diede a ciascuno tre piastre per mangiare durante il viaggio, e così se ne andarono per il mondo a tentare la fortuna. Ora anche il più giovane andò dal padre a chiedere il permesso di partire con i suoi fratelli. "Poveretto" rispose il vecchio, "non penserai che qualcuna voglia averti per marito. È meglio che tu stia a casa accanto al focolare, quello è il posto per te." Ma il ragazzo insisteva tanto che il padre alla fine dovette cedere. Così diede anche a lui tre piastre per mangiare e poi partirono. Camminarono tutto il giorno e verso sera giunsero di nuovo alla taverna, dov'era riunito un gran numero di viandanti e di altri ospiti. Ora i due maggiori cominciarono come al solito a mangiare, bere e giocare, mentre il più giovane voleva solo stare per conto suo. Quando i fratelli ebbero finito il danaro gli dissero che doveva dar loro le sue tre piastre e lui faceva meglio a tornare a casa. Visto che rifiutava lo presero, gli rubarono il danaro e lo cacciarono dalla locanda a calci e pugni, poi si sedettero e ricominciarono a mangiare e bere come prima. Ma il povero ragazzo scappò nel bosco e continuò a camminare finché, stremato, si sedette su un mucchio di terra e pianse amaramente. Al mattino presto si svegliò e cominciò di nuovo il suo cammino. Dopo aver proseguito per un bel po' gli sovvenne che la cosa migliore da fare in quel momento fosse dirigersi verso quella reggia dove si era trovato sempre così bene. Non fece in tempo a pensarlo che si trovò di nuovo sul sentiero verde e, poco dopo, davanti alla reggia. Ora fu molto felice e senza indugio entrò nella bella sala dove la sua padrona era solita stare. Quando la rana lo vide, lo accolse cortesemente e gli chiese perché si trovasse lì. Il ragazzo disse allora che era venuto per entrare a servizio. La rana gli diede il benvenuto, perché aveva bisogno di un garzone, e se l'avesse servita fedelmente la sua ricompensa sarebbe stata più grande di quanto potesse immaginare. Il ragazzo promise che la fedeltà non sarebbe mancata, purché non pretendesse più di quello che lui era in grado di fare. Allora la rana disse: "Il tuo servizio non sarà pesante né faticoso. Il tuo compito sarà quello di spostare i rami che in precedenza hai tagliato e legato e ammassarli in cortile per un falò. Ma devi portare un ramo ogni giorno che c'è il sole in cielo, e devi farlo il mercoledì come il giovedì, il giorno di Natale come il giorno di mezza estate, e non devi portare molti rami insieme ma solo uno alla volta. Quando l'anno sarà passato e avrai portato l'ultimo ramo, devi appiccare il fuoco al mucchio e andartene nella tua stanza per un po'. Poi torna giù e rimesta bene nel falò in modo che tutti i rami ardano a dovere! Se vedi qualcosa nel fuoco devi tirarlo fuori e salvarlo." Il giovane promise di esaudire le richieste della sua padrona. Poi la rana lo portò sotto il tetto in una piccola stanza, lì avrebbe abitato, e saltellò via. Il ragazzo scese nel parco, prese uno dei rami che in precedenza aveva tagliato e legato, e lo portò nel punto in cui aveva intenzione di preparare il falò. Così fece ogni giorno dell'anno. Se la passava bene alla reggia, era sano e crescendo diventò un bel giovane. Ma si Q sentiva molto solo perché non vedeva né sentiva anima viva, e spesso pensava che i suoi fratelli sarebbero tornati a casa con le mogli, mentre lui non l'aveva.

Quando l'anno fu passato ed ebbe spostato l'ultimo ramo mettendolo insieme agli altri, il giovane fece come la rana aveva detto: diede fuoco al mucchio, che in breve diventò un grosso falò. Si allontanò poi per qualche istante e infine tornò al fuoco ammucchiando bene i rami, grossi e piccoli, perché bruciassero fino a incenerirsi. Mentre era tutto preso dal suo compito, all'improvviso vide dentro il fuoco una meravigliosa fanciulla: era più bianca della neve e con i capelli così lunghi e belli che arrivavano fino ai piedi come un mantello. Subito si gettò nel fuoco per salvarla e lei gli cadde in braccio con il cuore colmo di gioia, ringraziandolo per averla salvata. Gli raccontò che era la principessa più ricca del mondo, ma un incantesimo di una strega cattiva l'aveva trasformata in una brutta rana. Nello stesso istante tutto l'edificio si riempì di vita e di movimento, la reggia pullulava di cortigiani e cavalieri e nobili fanciulle: anch'essi erano stati stregati. Tutti si fecero avanti, uno dopo l'altro, e resero omaggio alla regina e al valoroso giovane che li aveva salvati. La principessa non voleva perdere tempo e ordinò subito di attaccare i cavalli alla sua carrozza dorata e si preparò a partire.

Fece agghindare il figlio del contadino con vestiti di seta e preziosa

stoffa scarlatta, lo fornì di armi e di tutto ciò che era consono a un

principe, e così il povero ragazzo in men che non si dica fu

trasformato nel più fiero e nobile cavaliere che mai abbia portato la

spada al fianco. Quando tutto fu pronto per il viaggio, la principessa

così gli parlò: "Posso ben immaginare che i tuoi pensieri vadano ai

tuoi fratelli che sono sulla strada di casa per mostrare le loro spose.

Perciò andremo da tuo padre perché veda che sposa hai

conquistato." Al giovane sembrava di volare ma non c'era tempo da

perdere. Perciò salì subito nella carrozza dorata e con molti onori e

grande seguito partirono per incontrare il vecchio contadino. A un

certo punto del percorso giunsero alla taverna che era sulla strada.

Il giovane volle vedere se i suoi fratelli erano lì come al solito. Fece

fermare la carrozza ed entrò, e quando aprì la porta li vide seduti

che come al solito mangiavano, bevevano e si divertivano, e

avevano con sé le loro spose, e che aspetto avessero è facile

immaginarlo: erano piccole e magre come ciocchi di legno, pallide

come cadaveri, basse come maialini e con la bocca gialla come il

becco di una papera. Visto tutto questo, il giovane si allontanò

senza che nessuno lo avesse riconosciuto. Poi salì sulla carrozza

dorata e continuò il viaggio con tutto il seguito, lasciando gli ospiti

della taverna a chiedersi chi fosse quel baldo principe che era

appena passato. Il giovane e la sua bella sposa si diressero quindi

alla capanna del contadino e vi giunsero che era quasi la sera di

Natale. Entrarono e chiesero di poter rimanere per la notte. Il contadino rispose, com'era vero, che aspettava il ritorno dei suoi tre figli con le loro fidanzate, e poi aveva solo una piccola capanna che non si addiceva a ospitare persone così nobili. Ma la principessa insisteva nel voler rimanere lì e alla fine il contadino non poté rifiutare. La principessa fece allora preparare una sontuosa festa di Natale e mandò i suoi paggi in giro per la regione a invitare persone vicine e lontane. La sera, quando il banchetto fu pronto, arrivarono i due figli maggiori con le loro fidanzate, e non c'è da stupirsi se il vecchio non mostrò di gradire la presenza delle future nuore. Mentre sedevano a tavola, la principessa chiese al contadino da chi avesse avuto una tovaglia così preziosa e un boccale così bello. "I miei figli maggiori li hanno avuti in premio per i loro servizi" rispose il vecchio. "No" disse la principessa, "i tuoi figli maggiori non si sono guadagnati né la tovaglia né il boccale. Ma se vuoi sapere la verità, li ha guadagnati il tuo figlio minore, ed ecco qui una tovaglia e un boccale uguali a quelli." In quello stesso istante il giovane principe si alzò e abbracciò suo padre, e tutti capirono che il principe straniero altri non era che il figlio più piccolo del contadino, che in passato era così poco stimato da tutti. Quando il vecchio lo riconobbe e seppe tutta la vera storia, rimase molto stupito e non voleva credere ai suoi occhi. I due maggiori si rivelarono malvagi agli occhi del padre e di tutti gli invitati e la loro disonestà e falsità furono note in tutta la regione. Il giovane e la bella principessa festeggiarono allora le nozze con gran gioia e letizia e fu una festa di Natale come nessuno ne aveva mai vista una a memoria d'uomo. Quando il Natale fu passato la sposa e lo sposo tornarono al loro paese e presero con sé il vecchio contadino. Il giovane acquisì la sovranità su tutto il regno e visse in amore e armonia con la sua regina. Lì rimasero e lì vivono ancora adesso.

Perché il Mare è Salato

In un tempo lontano il re di Danimarca, ricco, potente e molto amato dal suo popolo, si angustiava per il solo fatto di possedere, fra tanti tesori, due enormi macine magiche ma di non riuscire ad utilizzarle. Le macine erano in grado di produrre qualunque cosa il re avesse potuto desiderare. Erano però talmente pesanti che nessuno nel regno aveva la forza per farle girare.

Un giorno, si recò in visita presso il re di Svezia e questi gli offrì in dono due gigantesse. Egli allora le portò in Danimarca e le mise a lavorare alle macine. Ordinò loro di produrre oro, argento, pace e gioia e le gigantesse ubbidirono. Lavorarono ininterrottamente per molti giorni e quando furono stanche chiesero al re il permesso di riposarsi. Il re rifiutò e pretese che continuassero a macinare. Le due gigantesse decisero allora di vendicarsi e fu così che smisero di produrre oro, argento, pace e gioia e cominciarono a produrre soldati per i nemici del re. Quando i soldati furono in numero sufficiente invasero il regno e si impadronirono delle macine e delle gigantesse.

I soldati avevano però bisogno di molto sale nella loro terra e mentre erano an- cora a bordo della nave che li trasportava a casa ordinarono alle gigantesse di macinare sale, quelle ubbidirono. Macinarono per ore e ore e tutta la nave si riempì di sale ma nessuno ordinò loro di fermarsi. Alla fine il sale era così tanto che la nave affondò e tutti i membri dell'equipaggio affogarono ma non le due gigantesse che continuarono a macinare sale anche in fondo al mare.

Ad oggi nessuno ha ancora detto loro di smettere e, per questo motivo, l'acqua del mare è salata.

Il Ragazzo Che Dovette Servire Per Tre Anni Senza Essere Pagato

C'era una volta un povero contadino che aveva un solo figlio: ma era così pigro e cattivo, quel figlio, e non voleva diventare una persona perbene né combinare qualcosa. Se non voglio mantenere questo ragazzo per tutta la vita, allora bisogna che lo mandi lontano, dove nessuno lo conosce, pensò il padre; anche se scapperà, non gli sarà tanto facile tornarsene a casa. Così l'uomo prese con sé il ragazzo e se ne andò in giro per offrirlo a servizio, ma non c'era nessuno che lo volesse. Infine arrivarono da un ricco che aveva la fama di rigirare sette volte una moneta prima di spenderla. Lui si sarebbe preso il ragazzo come garzone, che sarebbe rimasto a servizio per tre anni senza paga; passati i tre anni l'uomo sarebbe andato in città per due mattine a comprare la prima cosa che gli capitava, e la terza mattina sarebbe dovuto andare in città il ragazzo per comprare la prima cosa che gli capitava: quella sarebbe stata la sua paga. Così il ragazzo servì per tre anni e si comportò molto meglio di quanto si sarebbe pensato. Non era fra i garzoni migliori, questo è sicuro, ma

146

nemmeno il padrone era dei migliori, perché lo lasciò tutto il tempo con gli stessi vestiti che aveva al suo arrivo, e alla fine erano diventati tutte pezze e rattoppi. Quando fu il momento di andare in città a comprare, l'uomo si mise in cammino prima che facesse giorno. "Le merci costose vanno viste alla luce del giorno, non arrivano in città così presto" si disse, "ma certo mi costerà caro comunque, visto che dovrò prendere a casaccio quello che troverò." La prima persona che incontrò in città era una vecchia che portava un cesto con il coperchio. "Buongiorno, nonnina" disse l'uomo. "Buongiorno a te" rispose la vecchia. "Che cos'hai nel tuo cesto?" chiese l'uomo. "Vorresti saperlo?" disse la vecchia. "Certo che vorrei" rispose l'uomo, "perché devo comprare la prima cosa che trovo." "Se vuoi saperlo, compralo!" propose la vecchia. "E quanto costa?" chiese l'uomo. Be', voleva quattro soldi, disse lei. Non era un prezzo esagerato, pensò l'uomo, si sarebbe accontentato di quello, così sollevò il coperchio e nel cesto c'era un cucciolo. Quando l'uomo tornò a casa dalla città, il ragazzo stava davanti alla porta, curioso di vedere quale paga avrebbe avuto per il primo anno. "Sei già tornato, padrone?" disse il ragazzo. Sì, era tornato. "E che cosa hai comprato?" disse. "Non è una bella cosa quella che ho presa" rispose l'uomo, "non so neanche se devo tirarla fuori, ma ho comprato la prima cosa che c'era, ed era un cucciolo." "Devo proprio ringraziarti" disse il ragazzo, "i cani mi sono sempre piaciuti!" La mattina dopo non andò meglio. L'uomo uscì di nuovo presto e non era nemmeno arrivato in città quando incontrò la vecchia con il cesto. "Buongiorno, nonnina" disse l'uomo. "Buon giorno a te!" rispose la vecchia. "Che cos'hai oggi nel cesto?" chiese l'uomo. "Se vuoi saperlo, compralo!" disse la vecchia. "E quanto costa?" chiese l'uomo. Be', erano quattro soldi, lei faceva sempre lo stesso prezzo. Allora lo avrebbe preso, disse l'uomo: era difficile trovare un acquisto migliore. Sollevò il coperchio, e questa volta c'era una gattina. Quando arrivò alla fattoria, il ragazzo era di nuovo davanti alla porta ad aspettare, curioso di vedere cosa avrebbe avuto come paga per il secondo anno. "Sei già qui, padrone?" chiese il ragazzo. Sì, era tornato. "E che cosa hai comprato oggi?" chiese. "Oh, è andata peggio, non meglio" disse il padrone, "ma ho fatto come eravamo d'accordo: ho comprato la prima cosa che ho trovato, nient'altro che questa gattina." "Non potevi azzeccarla meglio" disse il ragazzo, "i gatti mi sono sempre piaciuti come i cani." "Non me la sono cavata tanto male, ma sarà un'altra cosa quando si metterà in cammino lui" pensò l'uomo. La terza mattina uscì il ragazzo, e appena entrato in città incontrò la stessa vecchia con il cesto sotto il braccio. "Buongiorno, nonnina" disse il ragazzo. "Buongiorno a te, ragazzo mio" rispose la vecchia. "Che cosa hai nel tuo cesto?" chiese il ragazzo. "Se vuoi saperlo, compralo" disse la vecchia. "Me lo vuoi vendere allora?" chiese il ragazzo. Certo che voleva, e sarebbe costato quattro soldi. Era un buon acquisto, pensò il ragazzo, e poi doveva prenderlo comunque, perché doveva comprare la prima cosa che avesse trovato. "Allora puoi prenderti tutto" disse la vecchia, "sia il cesto sia quello che c'è dentro, ma non guardare cos'è prima di essere arrivato a casa, hai capito?" No, non l'avrebbe guardato, per nessuna ragione.

Camminando, continuava a chiedersi cosa potesse esserci nel cesto, e che lo volesse o no, non riuscì trattenersi dal sollevare il coperchio e gettare un'occhiata. Subito scivolò fuori dall'apertura una lucertola che cominciò a correre sulla strada così veloce da far fischiare l'aria – nel cesto non c'era nient'altro. "No, fermati un momento, non scappare così, io ti ho comprato!" disse il ragazzo. "Infilzami la coda, infilzamela" gridò la lucertola. Il ragazzo non ci mise molto a correrle dietro e a piantarle il temperino nella coda, proprio mentre quella stava per infilarsi in un buco del muro, e immediatamente il rettile si trasformò in un giovane bello come il più bello dei principi. Infatti era un principe. "Adesso mi hai salvato" disse, "perché la vecchia da cui tu e il tuo padrone mi avete comprato è una troll, e ha trasformato me in lucertola e i miei fratelli in cane e in gatto." Bella roba, pensò il ragazzo. "Già" disse il principe, "ora stava andando a gettarci nel fiordo per ucciderci, ma se fosse venuto qualcuno a comprarci, avrebbe dovuto venderci per quattro soldi l'uno: questa era la condizione stabilita da mio padre. Ora devi venire con me a casa sua e ricevere la ricompensa per quello che hai fatto." "Ci dev'essere un bel po' di strada" fece il ragazzo. "Ah, non tanta" rispose il principe. "È lì" , e indicò un grande monte in lontananza. Camminarono più svelti che potevano, ma era molto più lontano di quel che sembrava, perché non arrivarono che a tarda notte. Il principe si mise a bussare: "Chi è che bussa alla mia porta e disturba il mio riposo notturno?" si sentì da dentro al monte; la voce era così forte che la terra tremava. "Apri, babbo, è il tuo figliolo che torna a casa" rispose il principe.

Lui aprì subito. "Pensavo piuttosto che fossi in fondo al mare" disse il vecchio, "ma vedo che non sei solo." "Questo è il ragazzo che mi ha salvato" disse il principe, "gli ho chiesto di venire qui così potrai ricompensarlo." Certo che lo avrebbe ricompensato, rispose il vecchio. "Ora venite dentro" disse, "avrete bisogno di riposare." Così entrarono e si sedettero, e il vecchio mise sul fuoco una bracciata di legna e un paio di grossi ceppi, così che in ogni angolo brillò una luce come in pieno giorno e dovunque guardassero c'era un grande splendore. Il ragazzo non aveva mai visto niente di simile, cibi e bevande come quelli messi in tavola dal vecchio non li aveva mai assaggiati; vassoi, piatti, bicchieri e brocche erano tutti di puro argento e di oro lucido. I due giovani non ci pensarono due volte a sfamarsi, mangiarono, bevvero e se la spassarono e poi dormirono fino a giorno fatto. Il ragazzo si svegliò solo quando arrivò il vecchio portandogli da bere in un calice d'oro. Quando ebbe indossato i suoi stracci e mangiato, il vecchio lo accompagnò in giro per scegliere ciò che voleva come ricompensa per avergli salvato il figlio. C'erano molte cose da vedere, e ancora di più da prendere, puoi crederlo. "Cosa vuoi dunque?" domandò il re. "Puoi avere ciò che vuoi, vedi bene che ce n'è da prendere." Avrebbe voluto pensarci un po' e parlare prima con il principe, disse il ragazzo. Poteva fare come voleva. "Ora ne hai viste di cose belle?" chiese il principe. "Proprio così" rispose il ragazzo, "ma dimmi tu cosa devo prendere fra tutte queste magnificenze, tuo padre dice che posso scegliere." "Non devi prendere niente di tutto ciò che hai visto" disse il principe. "Mio padre al dito ha un piccolo anello:

chiedigli quello." Così fece, chiese al re l'anello che portava al dito.
"Questa è la cosa più cara che posseggo" disse il re, "ma anche mio
figlio mi è caro, e perciò puoi prenderlo lo stesso. Sai che cosa sa
fare?" No, il ragazzo non lo sapeva. "Quando lo porti al dito potrai
avere tutto ciò che desideri" disse allora il re. Il ragazzo ringraziò, il
re e il principe gli augurarono buon viaggio e lo pregarono di stare
attento all'anello. l ragazzo non aveva fatto molta strada che volle
provare cosa l sapeva fare l'anello, così espresse il desiderio di
avere dei bei vestiti: non aveva ancora finito di dirlo che fu
esaudito, aveva indosso degli abiti lucidi come una monetina nuova
da due soldi. Allora pensò: "Sarebbe bello fare uno scherzo a mio
padre, non era un tipo facile neanche lui, quando stavo a casa".
Espresse il desiderio di trovarsi straccione come prima davanti alla
porta del padre, ed eccolo subito lì. "Buongiorno, babbo, e grazie
per l'ultima volta che ci siamo visti!" disse il ragazzo. Ma quando il
padre vide che tornava ancora più malmesso e stracciato di quando
era partito cominciò a lamentarsi e ad agitarsi: "Con te non c'è
niente da fare, se in tutto il tempo che sei stato via non ti sei
nemmeno guadagnato dei vestiti!" "Ah, non agitarti, babbo" disse il
ragazzo, "non giudicare lo straccione dai suoi stracci. Adesso
dovrai farmi da messaggero e andare dal re a chiedere per me la
mano di sua figlia." "Ah, vergogna, questa è una presa in giro!"
esclamò il padre. Ma il ragazzo parlava sul serio, afferrò un ceppo
di betulla e inseguì il padre fino alla porta della reggia, tanto che
quello entrò proprio nella stanza del re inciampando e
lamentandosi. "Be', che succede, buon uomo?" domandò il re. "Se

ti hanno fatto un torto cercherò di farti avere ragione." No, non era
cosi, rispose l'uomo, ma aveva un figlio che gli dava grandi
preoccupazioni; non riusciva a farlo diventare una persona per
bene, e adesso non poteva pensare altro se non che avesse perduto
anche quel poco cervello che aveva, disse, "perché adesso mi ha
inseguito fin qui alla porta della reggia con un grosso ceppo di
betulla per costringermi a chiedere per lui la figlia del re."
"Calmati, buon uomo" disse il re, "e pregalo di venire da me,
vedremo se possiamo metterci d'accordo." Il ragazzo entrò di corsa
dal re con gli stracci che svolazzavano. "Mi dài tua figlia?" chiese.
"È di questo che dobbiamo parlare" rispose il re. "Forse non te la
meriti, o forse lei non merita te." Poteva anche darsi, disse il
ragazzo. Era giunta da poco una grande nave dall'estero, e la si
poteva vedere dalla finestra della reggia. "Fa lo stesso" disse il re,
"se sarai capace di costruire in un'ora o due una nave come quella
giù nel fiordo e che splende come quella, forse potrai averla." Così
disse. "Nient'altro?" chiese il ragazzo. Poi andò sulla spiaggia e si
sedette su un mucchio di sabbia, e dopo essere rimasto lì un bel po'
desiderò una nave ancorata nel fiordo, tutta completa di alberi, vele
e tutto il resto, uguale a quella che già c'era. All'improvviso eccola
lì, e quando il re vide due navi al posto di una scese sulla riva per
vedere come stavano le cose; allora vide il ragazzo su una barca
con una scopa in mano, come se stesse ripulendo la nave, ma
quando vide il re sulla spiaggia gettò la scopa e gridò: "Ora la nave
è pronta, me la darai tua figlia?" "Questa è fatta" disse il re, "ora
però devi fare prima un'altra cosa. Se saprai costruire un castello

come il mio in un'ora o due, allora vedremo." "Nient'altro?" gridò il ragazzo, e corse via. Dopo essere andato in giro tanto a lungo che il tempo stava per scadere, desiderò un castello uguale a quello del re. Non ci volle molto ed eccolo lì, e non ci volle molto che arrivò il re con la regina e la principessa per visitare il nuovo castello. Il ragazzo stava lì con la scopa e spazzava di nuovo. "Ecco il castello finito e pronto! Me la darai ora?" gridò. "Questa è fatta" disse il re, "entra, così ne parleremo." Si era reso conto che il ragazzo non era solo capace di portare il cibo alla bocca, e così continuava a pensare al modo di liberarsene. Il re camminava davanti a tutti, poi la regina, poi la principessa insieme al ragazzo, che mentre camminava desiderò di essere il più bello del mondo, e così fu. Quando vide com'era diventato bello all'improvviso, la principessa diede una gomitata alla regina, e quella fece lo stesso con il re, e quando furono sazi di guardarlo si L resero conto che era più di quel che sembrava quand'era arrivato con tutti i suoi stracci addosso. Allora si misero d'accordo che la principessa pian piano avrebbe dovuto cercare di capire come stavano le cose. E così lei si fece dolce e tenera come una ciotola di burro e cominciò a fargli le moine: non poteva stare senza di lui né di giorno né di notte. Verso sera disse: "Dato che dovremo essere l'uno dell'altra, tu e io, non avrai qualcosa da nascondermi, non mi nasconderai certo come hai fatto a fare tutte quelle belle cose?" "Ah, sì" rispose il ragazzo, "lo verrai a sapere poi; intanto diventiamo marito e moglie, prima non vale."

La seconda sera la principessa non era di buon umore. Lo capiva bene, disse, che a lui non importava molto della sua sposa se non voleva dirle ciò che voleva sapere; e se non voleva accontentarla in una sciocchezza come quella, tutto il fidanzamento sarebbe andato a monte. Ora il ragazzo ci rimase molto male e per far tornare tutto a posto le disse ogni cosa. Lei non ci mise molto a riferire tutto al re e alla regina, così si misero d'accordo su come togliergli l'anello; poi, pensavano, non sarebbe stato difficile liberarsi di lui. La sera la principessa arrivò con un sonnifero e disse che voleva dare al suo fidanzato un filtro d'amore perché non le sembrava che l'amasse abbastanza. Be', il ragazzo non pensò a nulla di male e bevve la pozione; subito si addormentò così profondamente che avrebbero potuto anche demolirgli la casa sulla testa. Allora la principessa gli tolse l'anello dal dito, se lo mise ed espresse il desiderio che il ragazzo finisse sul mucchio di immondizie per la strada, cencioso e stracciato com'era al suo arrivo. Al suo posto voleva il principe più bello del mondo. E così fu. Dopo un po' il ragazzo si svegliò lì fuori sul mucchio di immondizie: dapprima pensò che fosse solo un sogno, ma quando si rese conto che l'anello era scomparso capì com'era andata e si sentì così infelice che si incamminò per andare ad affogarsi nel lago. In quel momento incontrò la gattina che gli aveva comprato il padrone. "Dove vai?" gli chiese. "Al lago per affogarmi!" rispose il ragazzo. "Non farlo" disse la gattina. "Vedrai che riavrai il tuo anello." "Se è così, allora..." disse il ragazzo. E la gattina se ne andò. Poi incontrò una topa. "Adesso ti prendo" disse la gattina. "Non farlo" disse la topa, "e riavrai il tuo anello." "Se è così, allora..." disse la gattina. Tornati alla reggia, la topa corse in giro annusando per cercare il luogo dove erano coricati la principessa e il principe; alla fine trovò un piccolo buco dal quale si infilò. I due stavano ancora parlando, e poté capire che il principe aveva al dito l'anello, perché la principessa diceva: "Stai attento all'anello, caro mio!" "Ah! Di sicuro non verrà nessuno a cercare l'anello attraverso muri e pareti!" rispose il principe. "Ma se pensi che non sia sicuro al dito, allora lo metterò in bocca" disse. Dopo un po' il principe si rivoltò sulla schiena per dormire, e poiché l'anello stava per scendergli in gola cominciò a tossire; in quel mentre l'anello saltò fuori e rotolò sul pavimento. Via! La topa lo afferrò subito e sgusciò via per darlo alla gattina, che stava ad aspettarla vicino al buco. Ma intanto il re aveva preso il ragazzo, lo aveva rinchiuso in una grande torre e condannato a morte perché aveva preso in giro lui e sua figlia, disse, e lì doveva rimanere fino al giorno dell'esecuzione. Mentre la gattina continuava a gironzolare e cercava di entrare di soppiatto nella torre per raggiungerlo, arrivò un'aquila che la afferrò e volò via sul mare tenendola fra gli artigli; poi arrivò un falco che si gettò sull'aquila, e quella lasciò cadere la gatta in mare, ma a sentire l'acqua si spaventò tanto che lasciò andare l'anello e nuotò fino a riva. Aveva appena finito di scuotersi l'acqua di dosso e di mettersi a posto che incontrò il cane che il padrone aveva comprato al ragazzo. "E ora cosa succederà?" disse la gatta piangendo e lamentandosi, "ora l'anello è scomparso e il ragazzo vogliono ucciderlo." "Non lo so" disse il cane, "ma quel che so è che mi sento smuovere le budella;

non starei peggio se stessero per rivoltarsi" disse. "Avrai mangiato troppo" disse la gatta. "Non mangio mai più del necessario" rispose il cane, "e non ho mangiato altro che un pesce morto che stava sulla riva." "Forse il pesce aveva mangiato l'anello" disse la gattina, "e adesso stai per andare all'altro mondo anche tu, perché non puoi digerire l'oro!" "Può essere" disse il cane, "tanto vale allora che mi uccida prima, forse così il ragazzo potrà cavarsela." "Non farlo" disse la topa – c'era anche lei – "non mi ci vuole un'apertura molto grande per entrare, e se c'è l'anello lo troverò." Così entrò nel cane e non passò molto che uscì di nuovo con l'anello. Allora la gattina corse alla torre e si arrampicò finché trovò un buco per infilare la zampa, e così restituì l'anello al ragazzo. Se lo era appena appena infilato al dito che desiderò subito che la torre si aprisse, e in un istante eccolo sulla porta a gridare al re, alla regina e alla principessa che erano delle canaglie. Il re non ci mise molto a raccogliere il suo esercito e ordinò di circondare la torre e di prendere il ragazzo, non importava se vivo o morto. Ma il ragazzo espresse soltanto il desiderio che tutti i soldati affondassero fino alle ascelle nella grande palude dentro la montagna, e così quelli che erano rimasti fuori avrebbero avuto abbastanza da fare per tirarli su. Quando ebbe finito con l'esercito si occupò di nuovo del re, della regina e della principessa: desiderò che rimanessero per tutta la vita nella torre dove avevano messo lui. Poi prese il comando del regno al posto del re. Il cane tornò a essere un principe e la gatta una principessa, lui la prese e la sposò, e così festeggiarono le nozze bevendo e gozzovigliando per un bel po'

Fiabe Norvegesi

Lightning Source UK Ltd.
Milton Keynes UK
UKHW020635160222
398778UK00009B/524